莫斯科

时空变化的万花筒

[俄] 布尔加科夫 / 著
徐昌翰 / 译

天津出版传媒集团
百花文艺出版社

图书在版编目（CIP）数据

莫斯科：时空变化的万花筒 / (俄罗斯) 布尔加科夫著；徐昌翰译. -- 天津：百花文艺出版社, 2018.1
ISBN 978-7-5306-7213-6

Ⅰ. ①莫… Ⅱ. ①布… ②徐… Ⅲ. ①散文集-俄罗斯-现代 Ⅳ. ①I512.65

中国版本图书馆CIP数据核字(2017)第153679号

责任编辑：张　雪　　　　**封面设计**：郭亚红
特邀编辑：冀　钦

出版发行：百花文艺出版社
地址：天津市和平区西康路 35 号　**邮编**：300051
电话传真：+86-22-23332651（发行部）
+86-22-23332656（总编室）
+86-22-23332478（邮购部）
主页：http://www.baihuawenyi.com
印刷：天津海顺印业包装有限公司分公司
开本：787×1092毫米　1/32
字数：110 千字
印张：6
版次：2018 年1 月第1 版
印次：2018 年1 月第1 次印刷
定价：24.00元

目　录

贸易之复兴

——1922年初的莫斯科

谁要是六七个月前到过莫斯科，如今准觉得认不出她来了。新经济政策(俄文缩写叫作“奈普”,这个词在莫斯科人的嘴里已经安家落户)急剧地把她变得面目全非。变化是一点一点……逐渐发生的：商店玻璃橱窗的木挡板东一处西一处地被拆除,于是橱窗又把尘垢满面的容颜呈现出来。闲置已久的房屋建筑深处亮起了一个个小灯泡，生命在灯光下开始蠕动:榔头乒乒乓乓地敲打,钉钉子,修缮在进行,装货物的箱子、盒子也一个个打开。擦洗得干干净净的橱窗开始闪闪发光。陈列架上方的大圆灯,还有橱窗两旁的管灯也都亮了起来,发出耀眼的光芒。

物资匮乏到极点的莫斯科这是从哪个神秘的角落搞到了商品,真教人摸不着头脑。不过她还是搞到了,而且毫无保留地把它摆进了玻璃橱柜,摊开在货架子上。

库兹涅茨基大街、彼得罗夫卡、涅格林内大街、卢比扬卡、米亚斯尼茨卡亚大街、特维尔大街、阿尔巴特。一场激发生机的"奈普"春雨过后,商店像蘑菇般冒了出来……国营的、合作社的、集体的、个体的……头一回卖糖果的店里灯火这么辉煌,再往前是日用百货、副食、文化用品、帽子商店、美发厅、书店、机械电器,还有百货公司。

原先光秃秃的墙上,现如今好似有一股花花绿绿的巨浪滚过,上头的牌匾一天比一天醒目。有的虽做得相当粗糙,也有的直接写在了一块布上,但与之比邻相接的却已是永久性的牌匾了:亮晃晃的斗大金字,全是按新拼写规定拼写的,被巨大的支架牢牢支起。

也就是说——想图个长远。

在它们的衬托下那些褪了色变了形的铁皮仿佛也不甘落后,力争焕发青春,可那一个个蔫头耷脑的硬音符号①看上去却怪模怪样,显得格格不入。

再往前更繁华,景象更为开阔……

莫斯科变得认不出来了。莫斯科做起买卖来了。

库兹涅茨基大街两旁冰冷的人行道上终日人头攒动,摩肩接踵,大街上马车络绎不绝,汽车鸣响着嘶哑的笛声飞驰而过。

成百上千块大玻璃橱窗里头花花绿绿的颜色令人眼花

① 俄国革命前每一个以辅音结尾的词后面都有一个不发音的硬音符号,革命后经文字改革,这一无用的硬音符号被取消。——译者注(下同)

缭乱：搽着红脸蛋朝人微笑的是手工业生产劳动组合供应的玩偶。再往上走，在尚克斯大商场巨型橱窗里黑压压一片是各式女帽、女袜、皮鞋和毛皮。这是莫斯科消费者协会开办的许多家百货公司中的一家。协会在莫斯科一共开办了八家这样的商场。

黄昏的彼得罗夫卡大街两旁橱窗里电灯通明，照亮了人行道上黑压压的人群。妇女用品商店的橱窗灿烂辉煌，陈列着成百上千种形状精巧式样翻新的乳白鹅黄色瓶子，里面装着优质进口香水；滚滚有如波浪的各式面料；堆积如山的领带花边；排列得有如方阵的胭脂花粉盒子……只有那些人体模型，虽然脸上涂抹得光彩照人，肩上披着以时价估算贵得惊人的华贵披肩，但却依然毫无生命的征候。

大大小小的商场重又获得生命。

巨大的"缪尔-麦里利兹"[①]大厦依然悄无声息，巨型玻璃橱窗漆黑无光，但巨幅彩色漫画已从底层橱窗里撤走……垃圾也从大门里扫了出来。莫斯科人都知道，到了2月，这里将开办一个百货商店，叫作莫斯科贸易公司，共有二十五个分部，而且过去的经理缪尔家的人也将成为它董事会的成员。

经营糖果糕点的商店鳞次栉比。整天从早到晚挤满了人，货架上堆满了白面包、甜面包、法式面包。各式甜点心一

---

① 俄国第一家百货公司，初建于1909年，后为莫斯科的中央百货商场。

行行摆满了柜台。这些东西价格惊人。不过莫斯科人早已不在乎什么价格，那些个崭新锃亮的算盘噼里啪啦响个不停的收款处，每天都要有神话般天文数字的巨款（“百万”这个词在莫斯科早已不用了，它已完全被新的说法——“一个数”所取代）从手里流过。

特维尔大街的菲利波夫大面包房里，白面包、大蛋糕、甜点心、面包干、面包圈一直堆到了天花板，排队购物的人络绎不绝。

副食商店的柜台奢华惊人。一箱箱罐头堆成了山，还有黑鱼子、鲑鱼、鱼里脊、熏鱼、柑橘。在这些商店的橱窗前总有一群群行人着了魔似的围着这些美味，目不转睛地驻足而观……

莫斯科食品公司所属的三十四家副食商店连同私营商店都已公开宣布它们备有俄国酒和外国酒，莫斯科人都争相购买。

11 月末《消息报》上第一次出现了广告。如今，所有的报纸和贸易指南上广告已是琳琅满目。航空公司的飞机在莫斯科上空也做了散发广告的第一次尝试，现下利用飞机散发广告的做法已被正式采用，每行文字收费十五个新卢布。

街道交通变得日益繁忙。3 路、6 路、7 路、16 路、17 路以及 A 路和 B 路有轨电车均已开通，马车载着莫斯科人四处奔忙，车夫有板有眼地跟乘客讨价还价：

"好吧,先生！一万就一万！我拉啦！"

无论是"大都会"饭店门前,还是沃斯克列先斯基门一带,或是在耶稣蒙难修道院门口——无数小贩叫卖报纸、香烟、奶油软糖、面包的嘈杂之声响彻了每一个十字路口。

伊林斯基门一带妇女们排成两行叫卖馅饼。伊林卡大街那幢带圆柱的灰楼摘下了"矿业苏维埃"的牌子,换上了另外一块大字招牌——"交易所",那里举行交易洽谈,成百亿的买卖通过经纪人之手成交。

直至深夜莫斯科人还在商场里逛来逛去,又买又卖,挤成一团。每天夜晚当街头被电灯照得雪亮的大钟上的指针一点一点移向子夜时,当所有的商店都已经关门的时候,不知疲倦的特维尔大街依然活跃如常。

孩子们的叫卖声划破夜空:

"'伊拉'牌烟末！'亚瓦'牌香烟！'木尔萨尔'牌香烟！"

无数咖啡馆依然灯火通明,门内飘出喑哑的吱吱嘎嘎的小提琴演奏声。

中国城[1]破天荒第一次成了红色商城,人们在这里买卖,坐在桌旁吃喝,一直忙活到深夜。

1922 年 4 月写于莫斯科

---

① 莫斯科市内的一个地名,但并非中国人聚居的地方。

莫斯科街头即景

被人们称之为“安努什卡”的电车轻轻向前行驶，它响着铃铛，哐里哐当，摇摇晃晃，沿着克林姆林宫河滨路向基督大教堂飞驰。

基督大教堂门前令人心旷神怡。从白色宫墙起至莫斯科河对岸区一排四根讨厌的不冒烟的烟囱挺立的地方，河上好大一片空旷。

教堂后面原先有一座亚历山大三世塑像，脚登百褶靴，高大而令人感到压抑，如今只剩下光秃秃的基座——一个笨重的大墩子，上头空无一物，看来将来也不会再有什么。基座之上只有一根空气的柱子直通蓝色天穹。

没人能提起兴致再到这里来散步。

冬天，通向纪念碑的巨大石级被白雪所掩埋，变成了浑然一片。那些叫卖“亚瓦”牌烟丝的半大小子飞身扑在小雪橇上，从山坡一溜而下；或是向驶经这里的“安努什卡”大掷雪团。夏天，教堂前的石板路上或是基座的台阶上也看不到人影。难得有那么一两个人在这里晃上一晃,转身朝坡下的电车路走去。其中一人身背绿色皮带背兜,内装自己那份配给面包。冬天莫斯科几乎有一半人都背着这种背兜。小雪橇上拖的也是这种背兜。可现在却再也用不着它了。老百姓再也不吃配给面包了。怀里揣上个几百万到商店去买就是了。

另一位没背背兜。他穿得体体面面。白衬衫浆得笔挺,裤子是带格的。脑袋上戴着一顶经过风雨见过世面的丝绒大盖帽,帽箍上有一枚金色的徽章:不是锤子和铁锹就是镰刀和耙子,但绝不是镰刀和锤子。这是一位红色专家,在某部或某局任职,官场得意,食用无亏,每天都要到特维尔大街莫斯科食品公司的大商店(在那神话传说时代这地方曾被叫作"极乐世界")去巡视一遭。他伸出一根手指朝陈列着珍馐美味的玻璃橱窗指指点点说:

"呃……来它两磅……"

系着白围裙的店员忙说:

"是……先生……"

"唰"地一刀割下去,但却不是专家先生指点的那块新鲜的,而是边上那块看上去有点问题的。

"请到收款处付款……"

票子掏出来。小姐举起票子迎着光一照。不照这么一下票子是无法流通的。不论谁收进票子,少不了都得迎光一照。可究竟照的是什么,莫斯科谁也闹不明白。收款机“啪”的一响,嘎啦嘎啦吃进了专家先生的一千万。找回两张小票子,每张一百卢布。

在莫斯科食品公司——“极乐世界”——镶满镜子的厅堂里,顾客川流不息。你买三磅,我来五磅。罐头瓶子里的黑鱼子酱在泛光溢彩。熏制的白鲑鱼、苹果、橘子堆成了山。一个自虐狂把鼻子紧紧贴到橱窗上,瞪大眼睛盯着那盏吊灯,那串葡萄,那座橘子山。脑袋一个劲儿地发晕:睡过去的时候是1918年,醒过来却到了1922年!

坑坑洼洼的路上,自行车一辆接一辆驶过,还有摩托车、汽车。有的呼啸而来,有的嘎啦嘎啦作响,还有的就像机枪在“嗒嗒嗒”地射击。燃料用的是“车用白兰地”。倒进车里开动起来,屁股后头一溜青烟,令人窒息。

那些拔了毛挂了花散了架的汽车在路上风驰电掣。乘客们有的夹着皮包,有的头戴漆了红星的钢盔,间或还能看到颤颤巍巍的皮座上坐着个身披华贵披肩的太太,头上戴着在库兹涅茨基大街卖到一亿卢布一顶的皮帽子。她身旁自然少不了一顶褪色的丝绒大盖帽——暴发的新贵,“奈普曼”。①

① “奈普曼”,直译意为“新经济政策人”,指20世纪20年代初苏联社会从事个体经济活动的活跃分子。

有时，也会有一辆锃光瓦亮的小轿车无声地滑过。车里的先生身着洋派服装，教人目眩神摇。

马车忽而成串成行，忽而单独驶过。风暴的影响并未波及这些马车。1822 年它们是这样，2022 年时只要马儿不绝种，它们也还会是这样。对于讨价还价的人这些家伙可是很不客气，对那些“大款”却是又溜又舔。

“上车吧您哪！”

普普通通的苏维埃老百姓——就是莫斯科电车乘务员叫作“公民们”（重音在第一个音节）的五光十色的一群——坐的则是电车。

谁知道这电车是从哪里搞来的，又是什么人负责修理它们，不过车倒是越来越多。现如今已经是在莫斯科十四条线路上哐当哐当地跑来跑去了。多数是些站也没法站，坐也没法坐，躺也没法躺的玩意儿。不过地方倒满宽敞。瞧那辆“安努什卡”正朝普列齐斯坚斯基门的大钟下拐过去。车上有一名司机，一名乘务员和三名乘客。地下候车的三位先是下意识地排成一行，可突然队伍散开，个个脸上现出焦急的表情，互相拐动胳膊肘挤了起来。其中之一死死地拽住左边扶手，而另一位则拽住右边扶手。他们不是往车上走，而是往车上爬。居然是朝一个空车厢发起冲击。干吗非要这么干？搞什么名堂？据研究，这种现象叫作返祖现象。它来自人类对于并非直立而是吊在树上的状态的记忆。人们尚未忘却背着大包小裹乘车的年月。所以现在见车就要吊上去！不信就试试：在亚罗斯拉夫车站有人背着五普特重的大麻袋就要往车上挤。

“公民们，不许带大包乘车。”

“哪是大包啊，才这么个小包……”

“公民，不行不行！听不懂话是怎么着！！”

铃响了。车停了。请下车吧。

接着：

“公民们，请买票。公民们，请往里挪挪。”

公民们往里挪，公民们掏钱买票。公民们穿的衣服也是五花八门：有坎肩，有衬衫，有军便服，有西装。绝大多数穿的是军便服——这是一种最让人恶心的服装，它教人想起战争。鸭舌帽、硬檐帽、皮夹克。脚上穿的多是磨歪了后跟的伪劣破烂货。有时也能见到闪闪发光的漆皮鞋。被苏维埃政权解雇的小姐们脚上穿的是白胶鞋。

电车里仿佛正在举行一场光怪陆离的化装舞会。

电车站上人声嘈杂。嘶哑的女中音含混不清地叫卖：

“今天的《消息报》……吉……洪大主教……社会革命党……《前夜报》……刚刚从柏林收到……”

电车穿行在谈话声、叫卖声、车笛声中，向市中心驶去。

电车驶过莫斯科大街。这里的牌匾挤成摞。小才一尺，大可逾丈。颜色鲜艳夺目。内容包罗万象。除了硬音符号和字母“亚其”[①],招牌上可以说应有尽有。什么“中空局”“中餐联”“莫农工”……所云何物,只好请君猜上一猜了。还有什么“莫木部”“酒商城”“老雷科夫酒排”。这“酒排”二字又出来了,只是写法上少了个硬音符号:“体育酒排”。“劳动人民剧院”。这才对头,劳动人民才该进剧院休息。还有生产“托鞋”的,看来应该是“拖鞋”才对。女鞋、童鞋、“半大小子鞋”。“农工内国临”“综贸”“莫贸”“总林贸”“央纸托拉斯”。

黑色的背景上排着一串五颜六色的单词和字母,其间画着一具白色的骷髅,双臂伸展向天:救救人们!大饥荒!一个小女孩的面部,头戴荆棘之冠,乱发披拂,小脸笼罩着死亡的阴影,眼睛里燃烧着饥饿的痛苦。照片上的孩子们个个浮肿,大人们饿得皮包骨头,偃卧于地。看过之后可想而知一天是什么滋味,真是满目心酸。不过饱汉焉知饿汉饥?暴发户们扬长而过,视若无睹……

直至深夜街上依然人声鼎沸。那些半大孩子——红色商童——仍在进行交易。灯光通明的大圆钟上时针已爬向两点,特维尔大街还在呼吸,在懒洋洋地走动,发出喧闹。“布谷鸟”咖啡厅里小提琴还在吱吱嘎嘎响。但一切终于逐渐沉寂下去。小巷的灯火渐渐熄灭……在红色节日前夕,经

① “亚其”,十月革命后经俄国文字改革废除的一个元音字母。

历了纷杂而琐碎的一天之后，莫斯科沉入了梦乡。

……夜晚，专家先生临睡之前不知正在向什么神祈祷：

“有件事要求您老人家，在您不过是举手之劳：明天下场暴雨吧。最好是一场冰雹。有的地方不是下了两磅重一个的大冰雹吗？哪怕下一磅半的也行。”

心里暗想：

要是明天人们上了街，手里拿着标语牌，突然却劈头盖脑地……

雨果然下了起来，而且还不小，从通体锈蚀的水溜子里哗哗往下淌。不过从时间来说这雨下得也真够荒唐的：总是在谁也不需要它的时候——夜晚。第二天早晨，天上却连个云丝儿都见不着。站在城门口的一位妇女对身边女友说：

“看样子老天爷也站在布尔什维克一边。”

“亲爱的，这话还似乎真有道理。”

十点整特维尔大街响起震耳欲聋的进行曲。一连接一连的红军士兵头戴钢盔，臂戴红臂章，穿着新军服，胸佩红蓝橙三色勋带，和着嘹亮的军号和腰间叮当作响的餐具声，肩并肩行进在两边橱窗曾经灯火辉煌、墙上挂着一面面褪色红旗的大街上。

骑兵连身佩双色骑兵标志，催动胯下各种毛色的战马沿街小步前进。装甲车向前爬行。

黄昏，各街心绿地上人群蚁集。普希金低着脑袋，聚精会神地瞅着他脚下人声嘈杂的特维尔街心花园。他在想什么？谁也说不清……入夜,广告牌灯火辉煌。星星在闪烁……

……莫斯科又进入了梦乡,灯火通明的大钟指着三点。寂静中每过一刻钟莫斯科上空就要响起一声温柔清脆的神秘钟声。它来自古老的钟塔。钟塔脚下彻夜长明着一盏灯,站立着一位不眠的哨兵。每过一刻钟克林姆林宫墙上就飘来一阵清脆的鸣响。在那闻所未闻见所未见的红色贸易城——中国城,街道进入了梦乡,等待它的又是一个平平凡凡的明天。

1922 年 7 月写于莫斯科

首都札记

一、雷蒙特神[1]

每一位神都有自己固定的形象。就拿墨丘利来说吧，他有一双长着翅膀的脚。他是个“奈普曼”和骗子。但我最喜爱的神却是雷蒙特神，他于1922年降临莫斯科，身上系了条围裙，沾满了石灰水，散发出一股马霍烟的气息。他那把刷子也点到了我的身上：直到如今在我那件冬天也不离身的秋大衣上依然留有他的神迹。怎么会是这样？是了，住在国外的人也许还不了解莫斯科有整整一族人都认为冬天穿秋大衣是时髦。其中包括种种所谓有思想的和属于未来的知识分子——职工大学的学员们之类。说起来后者甚至不穿任何大衣，只穿一件紧巴巴的短袄，难道不冷吗？

冷又算得了什么！很容易就习惯了。

---

① 雷蒙特——俄语的意思是修建。

总而言之，当我同我的一个熟人——一位专家——一道步出旅馆的时候，季节正是金色的秋天。那位美神般的神祇正好在疯狂地展开他的活动：脚手架摆开了，顺墙流淌着白色的灰浆，油漆发出好闻的味道。

就在这么一个时刻，他把“神迹”印到了我的身上。

专家贪婪地吸了一口油漆味儿，自豪地说：

“不管怎样，再过个把年，莫斯科准会变得认不出来了。这回‘我们’（重音在“我们”二字上），一定要让大家看看‘我们’的能力。”

遗憾的是这位专家什么能力也没来得及表现，因为过了一个礼拜他竟成了又一次“布尔什维克恐怖活动”的牺牲品。说明白点：他被关进了布德尔基监狱。

究竟为了什么，一点儿也说不明白。

为此，他老婆说了些不明不白的话：

“简直不像话！收条没有不是？让他把收条拿出来看看。希多罗夫（还是伊万诺夫，我是记不得了）卑鄙无耻！他说二百个亿。第一，只有一百五十个亿！”

收条的确没打。这位专家还不会愚蠢到白痴的程度。因此很快也就会把他放出来。到那时他才会真正显示力量。在布德尔基他把劲攒足了。

专家去位，雷蒙特神却长存。这也许是因为无论关进监狱的专家有多少，在外头的总还是一个惊人的数字（我的精确统计:莫斯科至少还有十万名);专家或许可以没有,但那些不知疲倦的美好的尊神——瓦工、油工、石匠——却仍会"显灵"。直至今日他依然没有歇手,尽管时令已然入冬,窗外雪花如絮。

卢比扬卡广场的米亚斯尼茨卡亚大街口，天知道原来是副什么模样儿——简直是长秃疮的脑袋：丢满了破碎砖头和玻璃碴子。如今尽管盖的只是一幢平房，但毕竟是房子！房子！大玻璃窗。一切像模像样。不错,橱窗里眼下还没有什么布置,但外头已经立起了金字招牌:"针织品"。

总之眼前正在出现奇迹。底层那黑洞洞的大门转眼之间镶上了玻璃。再过个一天两天玻璃橱窗里又亮起了灯,于是……屋里或者挂起了如瀑布般下垂的面料，或者出现了一个凑近绿色灯罩正在处理什么文件的脑袋。我不知道此人是谁,坐在这里的原因是什么,但不用细瞅我也能肯定地告诉你他在干什么:编造加班费明细表。

我可以直截了当地告诉你:挂上面料很好,出现脑袋却没有必要。不过人们还是在写呀写……看来真是没办法。

我坚信:面料和餐具,雨伞和雨鞋终究会彻底取代官僚的秃头。莫斯科的景色将令人感到鼓舞。这才对我的胃口。

如今我怀着享受的心情在各大商场巡行。黄昏的彼得罗夫卡和库兹涅茨基亮起了灯火。橱窗里是一组组亮丽大胆的颜色:手工制作的玩偶在展示它们微笑的面容。

电梯居然也开动了。这是今天我亲眼所见。我不知究竟该不该相信自己的眼睛?

这是一个翻修的季节,粉刷的季节,装饰的季节。我相信下一个季节将是建设的季节。秋天,当我看到街上熬煮沥青的大锅那熊熊地狱之火时,我就曾经为这欢乐的预感而颤抖过。人们将会建设,不论发生什么情况。也许,这只是虔诚的莫斯科人的一种幻想?……不过,我觉得,不管你怎样想,我却看到了——复兴。

请听莫斯科人的赞歌:

雷蒙特神,我为你歌唱!

二、腐朽的知识分子

我同他分手是在6月。那天他走进我家,卷起一根卷烟,满脸不高兴地说:

“大学总算毕业了。”

“祝贺你,当医生了。”

这位尚未走马上任的大夫面前,展现的大致是这样一个前景:卫生局会告诉他“你自由了”;医学院的宿舍会告诉他“这回你毕业了,该搬出去了”所有的大小医院和有关部门都会告诉他:“这里正在裁员。”

总之,前途一片暗淡。

后来他不见了，在莫斯科的汪洋大海中消失了。

“看来他玩儿完了。”我一面忙着自己的生活琐事(即所谓“为生存而斗争”是也)，一面无动于衷地评点了一句。

我一直斗到11月，正想继续再斗下去，他突然又出现了。

身上虽说还是那件破大衣（学生时代的剩余物资)，但里头却多了一条新裤子。

一见那两条熨得笔挺的贵族式的裤线，我立马正确无误地断定：裤子是在苏哈廖夫卡大街花七千五百万买的。

他掏出一个针盒，请我品尝里头的“伊拉”牌烟丝。

我好奇得要命，等待着他的解释。解释立刻来了。

“我在一家劳动组合当装卸工。单位还算可以——六个大学生，都是五年级的，再加上我一个……”

“你装卸什么？”

“往商场送家具。我们已经有固定的客户了。”

“你挣多少钱？”

“上礼拜挣了二百七十五个数。”

我立刻算了一笔账：275×4=11亿，一个月！

“医学还搞不搞了？”

“医学当然不能扔。每个礼拜装卸个一回两回。其余的时间在一家医务所，管透视。”

“住的地方呢？”

他嘻嘻一乐。

“住的地方也解决了……说来真巧……我们给一个女演员往家搬家具。她觉得奇怪,就问我:‘请告诉我,你究竟是干什么的?完全是一副知识分子面孔嘛。’我告诉她我是个医生。想不到她反应强烈!……她请我喝茶,问我各种各样的问题。还问我住在什么地方。我说我尚无安身之所。她一听同情得了不得,但愿上帝保佑她永远安康。通过她我从她的熟人那里弄到了一间房子。不过有个条件:不能结婚。”

“怎么,难道是女演员提的条件?”

“怎么会是女演员?……是房东提的。只租给单身,两口子绝对不租。”

朋友那神奇的成功使我目瞪口呆。我略一思索便道:

“文人们都在说什么腐朽的知识分子,腐朽的知识分子……看来这知识分子的确是已经完蛋了。可革命后又诞生了一种新的钢铁般的知识分子。他既能搬家具,又能劈木柴,还能搞透视。”

“我相信知识分子不会玩儿完,”我以一种充满激情的语调接着说,“准能活下去!”

他喷吐着“伊拉”牌烟丝散发的令人窒息的团团浓雾,附和着我说:

“干吗要玩儿完?咱哥们不同意玩儿完。”

三、超常儿童

昨天一早,我在特维尔大街见到个男孩。他的身后跟了一大群惊得目瞪口呆张大了嘴的男女公民，外带一长串未载人的空马车,仿佛一个送葬的行列。

迎面驶来 6 路电车,乘客们从车窗里探出身子,冲着小男孩指指点点。我不敢过于肯定,但似乎看到 73 号楼前那个卖苹果的女人居然激动得哭出声来了，看热闹走了神的汽车司机把车一头撞到墙角,差点没撞到岗亭上。

我使劲揉揉眼睛,这才看明白是怎么回子事。

原来这孩子胸前并没有托着一个叫卖掺糖精的方块奶糖的托盘,也没有高声野气地大喊大叫:

“大使牌!!亚瓦牌!!穆尔萨尔牌!!各位看报来看报来看报来！”

这孩子没有从别的孩子手里抢夺那攥成一团的百万卢布面值的票子,也没伸脚去踹他的小伙伴。这孩子嘴里不叼烟卷……也没满嘴喷脏话。更不是一身破破烂烂的衣服愣往电车上挤，或者是以闪烁不定的眼光瞟着倒爷们那酒足饭饱的面孔嗡声嗡气说:

“行行好吧……看在基督的分儿上……”

公民们,这些事全都没有。这可是一个独一无二的小男孩,我头一回见到这样的孩子,他走得那样充满尊严,不慌不忙，微微摇晃着，头上戴着一顶带帽耳的漂亮舒适的皮帽子，脸上洋溢着十一二岁男孩所能拥有的全部善良和美好。

啊，不，这哪是一个小男孩。这可是一位不折不扣的小天使啊！他戴着暖暖和和的手套，穿着暖暖和和的毡靴。背上还背了个小书包，翻得卷了角的习题集从里头探出了一角。

小男孩正在走向小学堂——去上学。

好了，到此为止。

四、亿万富翁

我出门去找熟识的“奈普曼”。作家堆里实在待腻了。只有缪尔热①的日子过得才有点意思：有红酒，有高雅的小姐……莫斯科文学圈子里的生活可实在乏味。

进得家门后，要么请你坐在一口木箱子上，而箱子里装的却是些锈烂的铁钉子。要么连口茶都没得喝。即使有口茶喝，也是无糖可放。再不然隔壁房里的女房东便是个酿私酒的，免不了总有一些颜面浮肿之辈偷偷摸摸溜进门来，弄得你如坐针毡，因为不由得你不害怕：当有人来逮捕这些浮肿之辈的时候，说不定连你也会一并捉将去。再有就是(这种情况最糟糕)年轻的诗人们朗诵他们的大作。先是第一位，

① 缪尔热(1822—1861)，法国作家，写过《波西米亚人的生活场景》。

然后是第二位、第三位……总之，实在令人难以忍受。

“奈普曼”那里的情况却好得无以复加。有茶，有柠檬，有点心，有女佣，到处散发着香水味儿，还有银匙（给吓了一跳的外国人加条注：这完全是柏拉图式的享受），女儿在钢琴上弹奏《少女的祈祷》，沙发上有人问“想不想加点果酱？”没有人搞什么诗朗诵，如此等等。

唯一的不方便：你裤子上的小洞照进镜子里就变成了足有茶碟大小的窟窿。你只好伸手把它挡住，于是就只好用左手来搅动茶匙。女主人带着迷人的笑容说：

“你的确是个非常可爱、非常有趣的人，不过为什么不给自己买条新裤子呢？顺便再添顶新帽子……”

听到这一声“顺便”，我的嗓子眼儿居然会被一口热茶堵住，那位满脸青春疙瘩的小姐弹奏的《少女的祈祷》也变得像丧歌似的让我不受用。

这时响起门铃，总算救了我一命。

在场人士一见这位来者，都变得面容失色，甚至连银茶匙也似乎变成了不值钱的破旧货色。

来者手指上戴着个东西，使人联想起救主基督教堂屋顶上夕阳映照下的十字架。

“准有九十来克拉……不会是他从皇冠上弄下来的吧？”我身旁一位诗人，一个在自己的诗歌中讴歌过钻石，但由于可怕的穷困对一克拉究竟是多少并没有丝毫概念的人对我说。

这是一粒向四面八方迸发着五色毫光的钻石。来者那胖胖的妻子肩上披着一条火红的大披肩。进门之后,他那双骨碌碌直转的眼睛立刻向大家扫视了一通。这一切使我猜到:站在大家面前的是一位“奈普曼”中之“奈普曼”,很可能是哪个托拉斯的头头。

女主人顿时容光焕发,她的微笑放射出金色的光辉,她一边冲上前去,一边激动地欢叫着,《少女的祈祷》也在最精彩的地方戛然而止。

接下来大家开始快快乐乐地喝茶,这位“奈普曼”自然位于众人注目的中心。

说不上为什么我心里总觉得委屈(就算他是个“奈普曼”吧,又怎么样?难道我就不是人?),便决定提个话头谈谈。话头找得还满成功。

“您的工资是多少?”我向那位财宝的拥有者问道。

这时只觉得桌下两边有人往我脚上踩了一下。右脚我感到了诗人的皮靴(磨歪的后跟),左边则感到了女主人的惠赐(法式的尖跟)。

不过这位大款并没有生气。我的问题不知为啥反倒把他逗乐了。

他把眼光在我的身上停留了一秒钟,这时我才看清,原来它们活像两枚十卢布的奥德萨假银币。

“嗯……嗯……怎么跟你说呢……嗨……不值一提，才二三十亿。”回答的时候他不时把钻石射出的一束束光辉送入我的眼帘。

“那您的钻……”话说到这突然疼得我失声叫了起来，只好忙把“钻石戒指”四个字咽了下去，改口道，“您修一回面要花多少钱？”

“修一回面么，得花二十个柠檬的数[①]吧。”“奈普曼”对这样的问题感到很是诧异。女主人朝他使了个眼色，意思说：“别在意，他是个白痴。”

眨眼之间，我的节目演完。女主人开始叽叽呱呱说个不停。不过多亏我这个头开得漂亮，谈话便始终在柠檬的沼泽里跋涉。

诗人首先摆动双手，深深感叹道：

“要值二十个柠檬的数！哎呀呀！”（他最后一次修面已是6月份的事了。）

接着女主人本人也就托拉斯资金周转问题说了几句不在行的话。

“奈普曼”明白了，原来他正置身于一群金融幼儿之中，于是决意要让我们受受教益。

---

① 十月革命后莫斯科通货膨胀，物价飞涨，一个柠檬卖到一百万卢布。故俄人口语中常把一百万谑称为“一个柠檬”，五百万称为“五个柠檬”，等等。

“有位素不相识的人到托拉斯来找我，”说话的时候他那对黑色的眼珠在泛光流彩，“对我说：‘我想跟你们批两千亿的货，付你们期票。’不过，我说，您是个私人……呃……您的这张期票以什么担保呢？……‘好说，请过目。’那人回答。说着便掏出了他的存款折。各位猜猜，”“奈普曼”用得意洋洋的眼光朝桌旁的人一一扫视，“他的存折里有多少钱？”

“三千个亿？”诗人叫道，这个可恨的长裤党徒①从来手里没攥过超过五十个柠檬的钱。

“八千个亿，”女主人说。

“九千四百个亿，”我在桌下蜷起两脚怯生生地细声说。

“奈普曼”像个角儿似的来了个静场，然后说：

“三十三万个亿。”

我顿时晕了过去，再往后脑子里一片空白。

老外需知：按莫斯科各托拉斯的计数法②，三十三万个亿写作阿拉伯数字则是：

33,000,000,000,000

1923 年 1 月写于莫斯科

---

① 19 世纪法国资产阶级大革命时期不穿套裤而着长裤是平民阶层的着装标志。“长裤党”也就是平民党。

② 这里指的是俄式计数法。trillion 一词在俄法语中为 10 的 12 次方即万亿，而在英德语中则为 10 的 18 次方即百亿亿。

五、穿燕尾服的人

济敏剧院的歌剧。胡格诺教徒。1893 年的胡格诺教徒就是这模样，1903 年，1913 年乃至 1923 年的胡格诺教徒也还是这模样！

正好从 1913 年起，我就再也没看过这些胡格诺教徒的戏了。第一印象——人都变傻了。两根螺旋状的绿色圆柱，无数穿着蔚蓝色紧身裤的大腿。接下来男高音唱出的声音听了之后立刻引起人一阵阵痛苦的冲动，让你想要立刻跑进小饭馆喊：

“服务员公民，来杯啤酒！”（“跑堂的”一说在莫斯科尚未流行。）

耳畔仍在轰响着《马赛曲》的“前进”声，脑子里却有个问题转来转去：“如果在这暴风骤雨的年代里也无法把胡格诺教徒从这涂着绿颜色的剧院里清除出去的话，看来这里头的确是有些个美的东西啰。”

要想清除谈何容易！无论是池座包厢还是楼座，到处都座无虚席。人们目光全盯着马赛的黄皮靴。而马赛则向大厅投射着愤怒的目光，以威胁的口吻唱道：

你们无须等待宽恕，

它永远不会来临……

贱民们在咆哮。

独唱演员们戴着面具的脸累得青筋暴突，他们那飞扬的歌声盖过了合唱队和铜管乐队的轰鸣。大幕落下，灯光亮起。观众都想立刻跑出去吃块三明治，吸上两口烟。三明治是很难到嘴的，因为要想吃得起三明治，每月得挣一百亿。吸烟倒是好说。

衣帽间那边有穿堂风，一片烟雾腾腾。休息室里脚步沙沙，人声嗡嗡，一股廉价的香水味儿。吸过烟之后人寂寞得要命。

一切还是同从前一样，同五百年前一样。不同的大概只有服装。紧巴巴的上衣难看死了，军便服磨得起了飞边。

"真是的，"我一边观察，一边思考，"观众依然是观众，可又有所不同……"

刚想到这，忽然发现池座入口处挺立着一位男士，居然穿着燕尾服！一切整整齐齐，中规中矩。白得炫目的衬胸，压得笔挺的裤线，打了上光蜡的皮鞋，还有那件燕尾服上装！

这一身打扮完全够格去听法国歌剧。起初我琢磨：他莫不是个外国人？外国人身上才能有这么多的花样。不过此人还真是个本国同胞。

燕尾服主人的面孔比燕尾服更为吸引人。抑郁的思绪使这位莫斯科人略显肥胖的面庞变得难看了。他的目光清楚地告诉我们这样的意思：

“不错,是燕尾服。请看吧。看谁有权力对我说三道四?这燕尾服的事可没人颁布什么法令吧？”

事实上确也无人想去触动那燕尾服的一根毫毛，它甚至并没有引起什么特别的好奇心。此人屹立如山，岿然不动,任凭西装和军便服浪潮对之冲刷。

燕尾服非同寻常地触动了我的心，弄得我甚至连歌剧也没有听完。

我的脑际盘旋着一个问题：

燕尾服究竟意味着什么？难道它只是1923年莫斯科军便服大潮中难得一见的一件博物馆陈列物？没准这位身着燕尾服的人物竟会是一个活的信号：

“看好了,再过个一年半载,咱们大家准会都穿上燕尾服。”

也许,你们以为此话只是说说听听？快别这么想……

六、生物机械之章

把我称作野人好了，

此名对我恰如其分……

说实话，动笔写此文之前我曾久费踌躇。我心犹有所悸。后来决定还是一试。

自打我认识到《胡格诺教徒》和《里戈列托》[1]二剧不再引起我的兴趣之后，便毅然决定投向左翼阵线。考其原因当推爱伦堡：他写过一本书，名叫《地球依然旋转》。此外还因为有两位蓄着长发的莫斯科未来派人士天天来找我，一连来了一个礼拜，晚上喝茶的时候还骂我是“小市民”。

当人们用这句话当面骂我的时候，我心里真不是滋味。两个该死的家伙！居然把我弄进了吉提斯剧院去看什么梅耶尔霍尔德[2]导演的《宽宏大量的绿帽子》。

问题的关键在于我是一个劳工阶层。每一张面额一百万的票子都是靠夜间点灯熬油白天奔波忙碌挣来的。我的钱正好属于人称血汗钱的那种。戏剧对我来说是享受，是安宁，是消遣……总之，戏剧可以是一切，但却不会使我患上严重的神经衰弱症。须知在莫斯科要想患神经衰弱症办法足有数十种之多，且不必花钱买戏票。

我不是爱伦堡，也不是圣明的戏剧批评家，不过大家自己也能看见：在那空空荡荡、疮痍满目、到处刮着穿堂风的戏院舞台上，剩下的只有一个大窟窿了（大幕当然早已不知去向）。舞台深处是一堵光裸的砖墙，上头开着两个墓穴般的窗洞。

---

① 《里戈列托》为维尔蒂的歌剧。
② 梅耶尔霍尔德为 20 世纪初俄罗斯的著名戏剧家，他导演的戏剧在苏联早期舞台引起过激烈争论。

墙的前方则是布景。与之相比,塔特林[①]的方案简直可以算得是明快简洁的典范了。那里布放着好些格状物,好些倾斜的平面,还有木方、门扇和许多轮子。轮子上头印着几个倒置的俄文字母。剧院的木工就像在自己家里一样大摇大摆地满场晃来晃去,好半天让你也弄不明白,戏究竟是开场了还是没开场。

待到戏终于开场(这是因为台上的侧面终于射出了一缕灯光),一群蓝色男女出台(男女演员都穿蓝色的衣服。戏剧评论家称之为"工装"。我真想把这些家伙派到工厂去,哪怕只干两天活,他们就该知道什么是工装了!)。

场上:一位妇女提起蓝裙子,骑着个供男男女女坐的那种东西沿着斜面滑下来。妇人用衣刷刷男人的屁股。妇人骑在男人的肩头奔跑,一边羞答答地用蓝裙子盖住大腿。

"这就是生物机械。"朋友向我解释道。

生物机械!!这些个穷途末路的穿蓝工装的生物机械专家,想当年在不受竞争威胁的情况下,他们都曾在学习朗诵那美妙动听的独白上下过功夫。请注意,此事就发生在离名丑拉扎连科以他那怪招迭起的噱头轰动全场的尼基塔杂技场不远的地方!

转门又在无精打采、没完没了地拍打着人们身上那块老地方。观众的情绪就跟在墓地给老婆送葬似的低落。轮子

---

① 塔特林,苏联早期画家,擅长版画,风格以细腻见长。

旋转着,吱吱嘎嘎响着。

第一幕过后引座员问:

"先生,您不喜欢我们的戏?"

他脸上的笑容是那样的厚颜无耻，恨得人真想甩手给他一耳光!

"您出生得太晚了。"未来派艺术家对我说。

"不对,是梅耶尔霍尔德生得太早了。"

"梅耶尔霍尔德是天才!!"未来派艺术家在咆哮。

我不想辩论。很可能是这样。他当他的天才好了,我无所谓。但是别忘了,天才只是个别人,而我却是群众。我是观众。戏剧应为我服务。我想看看得懂的戏。

"这可是属于未来的艺术!!"有人晃着拳头冲我喊。

如果这艺术的确属于未来,那就这样安排一下好了:梅耶尔霍尔德将死于21世纪并于21世纪复活。这样一来岂不皆大欢喜:首先对他本人好——他将能为人们所理解。观众对他的轮子会感到满意,而他作为天才也会感到满足。到那时我也进了坟墓,所以再也不会怕那些木头轮子来扰我的清梦。

总之让机械之类的东西见鬼去吧。我累了。

七、亚隆

轻歌剧演员亚隆把我从生物机械忧郁症中解救出来,

故我谨怀炽热的谢意把下面几行文字献给他。自从他第一次跪倒在卢森堡伯爵面前,被伯爵刺中了他的肩头之后,我才明白这该死的"生物机械"一词意味着什么。当歌剧演员们像旋转木马似的迈开大步围着亚隆这轴心跑动的时候,我才明白什么叫作真正的丑角艺术。

那表情!那手势!演出大厅里喝彩声如雷!个个忍俊不禁,人人捧腹大笑。真是不可思议。为亚隆做的广告可称得是毫无私念:凭良心,他的确是个非凡的天才。

八、吸烟的代价

由乱方能渐而入治。有的人迟了好久,才从报上的消息中了解到这一点:而有的人则在由乱而治的过程中不幸亲身体验到了这个道理。

譬如,下面我要说一个"奈普曼"的事,他就是在尼古拉耶夫车站卧铺车厢的走廊里体验到由乱入治的滋味的。

大体而言,他是个脾气不错的人。唯一能引得他无明火顿起的也就是布尔什维克了。他一提起布尔什维克来就不能不激动。他谈硬通货,谈猪肉,谈戏剧,都可以不动声色,唯独谈起布尔什维克来就唾沫喷溅。我想,其中若有一点点溅到豚鼠身上,包准它转眼就会蹬腿儿。若是想要连人带马地毒杀布琼尼的一个马队,两克足矣。

这位“奈普曼”的唾沫可以算得是极为丰富，因为他吸烟。

他手提硬邦邦的箱子挤进车厢，前后左右扫视了一通，表情生动的脸上露出了一个难看的充满鄙视的冷笑。

“哼，你看看……”咬牙切齿的劲头不像在说话，倒像是在锉牙，“猪狗不如地糟蹋了四年，如今又讲开清洁卫生了！那倒要问问当初又何必要把这一切都破坏了呢？别以为我会相信他们能成气候！快把你们的口袋把住看牢，俄国人可都是骗子和无赖！准有再朝他们吐唾沫的那一天！”

伤心与绝望之中他把烟蒂朝地板上一摔，又伸脚碾了一下。说时迟，那时快（鬼知道是打哪儿钻出来的，莫不是从墙里？），一位手拿收据本的人突然冒了出来，其言语堪称精练之最：

“三千万。”

我不想再来描写这位“奈普曼”的面孔。我怕他会中风。

瞧，柏林的同志们，情况就是这样。可你们总是说什么“bolsheviki”这样，“bolsheviki”那样！我是喜欢秩序的。

我走进剧院。好久没到这里来了。到处挂着标志:“严禁吸烟”。我想:出了什么奇迹?标志下居然无人吸烟。这是什么缘故?非常简单,就跟车厢里是一个道理。一个黑胡子看过标志,把烟掏出来才悠然自得地抽了两口,突然冒出个和蔼可亲但却坚定不移的年轻人,于是:

“二千万。”

黑胡子不满到了极点。

他不打算付钱。我等着看那位息事宁人地翻着收据本的和气的年轻人大发雷霆,但却不见任何雷雨的迹象。不过就在那位年轻人不动声色之际,转眼之间身后却出现了一位民警(布尔什维克的魔法!)。准是霍夫曼[①]的鬼把戏。民警二话没说,一根手指头没动。没有!充其量此人只不过是个穿灰色军大衣佩带手枪和警哨的责备的化身而已。黑胡子也以霍夫曼魔术手法特有的超常速度交纳了罚金。

这时,保护天使——他背后插的不是双翅,而是一杆精致的不长的步枪——才离他而去,而且“脸上露出一个傻乎乎的无产阶级的微笑”(年轻小姐们写革命小说时都是这样措词的)。

黑胡子事件对我这颗敏感的心(我隐约感到这不仅仅是对我)产生了强有力的作用,所以如今我无论走到哪里,在把香烟往外掏之前先都要提心吊胆地看看墙上——有没

① 十月革命前后莫斯科著名的魔术师。

有挂着什么印刷标志。如果挂有“严禁”之类的标牌弄得俄国人大犯烟瘾或是非往地上吐痰不可的话，我是无论如何也不会抽烟或者随地吐痰的。

九、黄金时代

我不赞成弗里德里希大道[1]上人们的那种自信：以为俄国已经完蛋了。而且，随着对莫斯科万花筒观察的深入，我产生了一种预感，那就是：“一切都会有的”，我们的日子还会过得满不错。

不过我还绝不至于认为什么黄金时代已经来临。不知为什么我总觉得黄金时代的到来绝不会早于秩序的最终扎根，从一些看来微不足道的迹象如禁止吸烟吐痰之类的小事中已可清晰地看到建立秩序的征兆。

国立百货商店那成千上万盏华灯和脸颊刮得光光的售货员，彼得罗夫卡和库兹涅茨基大街国营商店里衣冠楚楚的司阍，还有“入室务须宽衣”之类的规定等等——这些都是通向天堂的瑰丽阶梯，不过还不能算是天堂。

对于我来说，天堂正式到来之际，就是莫斯科葵花籽消失之时。非常可能我只是一个怪人，不理解这种纯粹民族食

---

① 弗里德里希大道，柏林的一条主要大街，为富人居住区。

品的伟大意义，不理解它之于我邦人民犹如美国惊险片中英雄人物之嚼食烟丝那样不可或缺；不过更有一种可能，就是葵花籽只不过是一种讨厌透顶的东西，它让我们淹没在一片沾满唾液的皮壳之中。

我担心，对于那些高雅的欧洲人来说，我的想法有点近乎于野蛮和不可理解。所以我还要再说一句：把葵花籽清除之后，最迫切的希望就是火车电气化（时速一百五十公里），消除文盲之类的事了。到那时天堂无疑将会到来。

一大群女人和孩子手里拿着勺子在特维尔大街飞奔。他们差点没把我撞倒在地。这些人边逃边喊：

“冬卡，快跑！他来了！”

此刻我的心里竟然闪出了一丝希望之光。这“他”——正如我猜到的那样——原来是一个穿灰军装的，但他不是责备的化身，而是愤怒的化身。

公民们，这是神圣的愤怒，我赞成这种愤怒。

葵花籽应该被扫地出门，葵花籽应该被彻底清除。否则当我们造出高速电气火车的时候，冬卡会把瓜子皮吐进机器去，火车会因此而停下来，一切都会完蛋。

十、小红棒

若要在 1923 年把伟大而神秘的莫斯科看成是一个单

色调的都市，那可是再有害不过的谬误了。她是一个光谱，其中的色调效果令人惊讶。对比度是怪异的。女贩子和乞丐（哦，莫斯科的乞丐真要命！穿着亮灿灿皮鞋的新经济政策诞生了，几乎同时也诞生了那可怕的衣衫褴褛声音苍凉的一群人，他们在所有的十字路口席地而坐，在所有的大门口嘶声乞讨，在所有的小巷子里蠕动），衣着有如出土文物、满嘴狂喷脏话的马车夫，锃光瓦亮无声滑动的小轿车，世界知名人物的演出海报……在耶稣受难广场的书报亭中，一位暂代售货员职责的大字不识的女人正在做杂志生意！

我敢发誓，的确是一个大字不识！

这是我亲眼所见——我走到窗口，要买《俄罗斯报》，她却把一份《舰船报》递到我手上（难道字形相像！？）。全拧。女人在亭子里东找西找，又递过一本，还是不对头。

"您不识字吗？"（我话里带着讽刺。）

不过，讽刺——滚他妈的蛋，应该气愤才是正理！这女人的确是文盲。

莫斯科是一口大锅，里头炮制着新生活。这件事难上加难。我们自己也在被炮制之列。在女贩子和文盲之中，将会诞生一个触及生活各个角落的新的组织骨干。

手拿《舰船报》的女人以及对公众大骂其娘的野蛮马车夫们使我气愤不已。于是我转身朝斯托列什尼克小街同德米特罗夫卡大街的路口跑去，在那里我又看到了这些马车夫。十字路口看来出现了堵塞现象。一大排大胡子乖乖地高踞于前座之上,使我惊讶不已。为什么骂声没有了？为什么有些马车也不再是不要命似的往前抢路了？

上帝上帝啊！堵塞固然是堵塞,可最主要的还是民警手里拿着的那根小红棒,它一动不动地指向前方。

马车夫一个个高高兴兴,就像过复活节似的。

民警放过一辆电车和两辆汽车,挥动小棒,以一种英美警察或者德国警察不可能有的和气又加上一句：

“走吧走吧！”

马车的行动那样轻柔得体，仿佛载的不是膀大腰粗的莫斯科人,而是什么伤病员。

如果在秩序中给我们一个支点,我们就能够撬动地球。

莫斯科

——时空变化的万花筒[①]

我要坚定不移地说：谁也难以

找到莫斯科这样的首都。[②]

第一幅画面：萧索的年代

第一幅画面被浓浓的黑暗所掩盖，因为我进入莫斯科的时候是夜晚。那是 1922 年 9 月末的一天。直到生命的最后一刻我也不忘勃良斯克火车站上那炫目的灯光和多罗戈米洛夫桥上照耀着通往亲爱首都道路的两盏路灯。因为，不管发生什么事，也不管你怎么说，莫斯科总归还是母亲，是一个最可爱的城市。好吧，第一幅画面——一团浓雾和三点

---

① 本篇最初发表于 1923 年 4 月 15 日的《前夜报》，署名“米哈伊尔·布尔加科夫”。

② 献诗仿格里波耶多夫《智慧的苦果》中的句子。原句是：“先生，您得承认，您再也无法找到莫斯科这样的首都。”

灯火。

接着，白天的莫斯科现出了她的真面目——起初她笼罩着一层令人伤感的秋天的雾霭，随后几天又变得砭骨刺肌地寒冷。干冷的响晴天，身上只有一件薄呢大衣。薄呢，薄呢，破麻袋片似的玩意儿！我无法形容冻成什么样子。越冻越往外头跑，越跑就冷得越厉害。

如今，当大家都摄入了足够的脂肪和磷质的时候，诗人们于是把那称之为英雄时代啦。我坚决声明，我不是什么英雄。我不具备英雄的素质。我只是一个凡夫俗子——一个生来只会爬行的人。当我在莫斯科爬行的时候，差点没被饿死。谁也不肯给我一片面包。所有的布尔乔亚门上都挂起了安全链，隔着门缝塞出来的各种身份证明有多少赝品！他们用这些证件就像用床单似的把自己装裹起来，舒舒服服地躲过了饥饿、寒冷，还有趁火打劫之徒的袭击和义务劳动之类的麻烦事。他们的心肠变得硬起来了，就像当年特维尔大街和花园环形路拐角钟塔底下卖的甜面包似的那么梆梆的硬。

又何必去找那些英雄呢。他们本身也是一无所有，只能靠什么条例命令之类的东西，还有就是靠那种黄色的谷粒度命，谷粒里头常能发现许多漂亮的小石子儿，就像紫水晶似的。

我恰好位于这两大集团之间。于是一张大书“死亡”二字的彩票便清清楚楚而且再自然不过地摆到了我的面前。看到这两个字,我才如梦初醒,忙调动起空前的令人惊讶的力量。我没有完蛋,尽管来自双方的打击有如冰雹一般落到我的头上。布尔乔亚一见我这身衣着就把我往无产阶级堆里赶,无产阶级却要把我净身出户,其理由:即使我不是个纯牌的布尔乔亚,至少也算是他们的同类人物。不过我并没有净身出户,将来也不会。这个口我敢夸。从这两大阵营身上我学到了自我保护的手段。我身上的证件就跟狗身上的毛一样的多,而且我还学会了靠喝各色各样低卡路里的稀粥存活。我身青筋暴露,瘦弱非常;但我心却坚如铁石,眼睛则明察秋毫。我已百炼成钢。

一个百炼成钢的我,口袋里放着各种证件,身穿麻袋片大衣,在莫斯科到处游逛,目睹了一幅幅画面。橱窗上落满了灰,上面还钉着木板。但有的地方已经有人在卖夹馅点心。每个街角一定都有一块牌子:"第……号分配人"。时至今日打死我也闹不明白究竟分配什么东西。屋子里除了一个头戴破毛头巾的抽抽巴巴的老太婆之外,剩下的也就是蜘蛛网了。如今我还能记得她那挥动双手嘶声哑气说话的模样:"关门了,关门了……同志唉,里头没人了!"说完,人不知钻进了哪个小单间。

这很可能是一个英雄的年代,但也是一个萧索的年代。

第二幅画面：鸟瞰

阴霾的4月的一天我登上了莫斯科市中心的最高点。这就是当年尼连泽耶设计的那幢大楼——如今的苏维埃大厦——平顶的上层平台，位置在格涅兹尼科夫小街。但见莫斯科躺在脚下，市郊也尽入眼帘。一层如烟似雾的东西笼罩在城市上空，透过这层轻霭可以看到无数屋顶、工厂的烟囱、各色各样的穹顶。4月的风在屋顶平台上吹拂，楼顶空空荡荡，空得有如人们的心。不过这毕竟已是和煦的风。它仿佛从下方刮来，那暖洋洋的气息仿佛来自莫斯科的腹心。在许多富有生气的大城市的腹心地带，往往会生出一种可怕的快乐的喧闹声，可莫斯科还不能。不过透过这层薄薄的雾纱下方还是传来了隐隐的声息。这声音模糊而微弱，但却远近皆闻。声音从市中心到两圈花园环形道，从花园环形道一直伸展到最边远的地方，伸展到莫斯科郊外那一片迷蒙的蓝色烟雾之中。

"莫斯科似乎在发出一种声息。"我俯身在栏杆上，语调并不自信。

"这是新经济政策在发出声息。"陪同我登楼的人手按在礼帽上回答。

"快别提这鬼词儿了！"我说，"这根本不关新经济政策的事，这是生活的本来面目。莫斯科开始过正常生活了。”

我的心里又高兴又害怕。莫斯科开始过正常生活了，这是再清楚不过的事实。但我又是否能过上正常的生活呢？不错，眼下还是困难时期，没人敢担保明天究竟会怎样。不过我以及我等之辈已经是吃不起麦米和砂糖了。原来的餐桌上还是可以闻得到肉腥味的。三年来我头一次不是“领到”，而是“买到”了皮鞋。当然这些鞋也不再是比我的脚大一倍，而是只大两号。

脚下的世界很有趣，但也有点可怕。“奈普曼”已经是坐着马车在莫斯科到处乱窜了。看着他们的面孔的时候我总是心怀恐惧。一想到他们将要充斥整个莫斯科，他们的口袋里装满了金卢布，他们将会把我赶出房间，一想到他们那样强壮，牙齿那样尖利，人又那样凶狠，心肠有如铁石，我就不由得发抖。

从最高点步入凡尘之后，我又回到了现实的生活之中。他们并没有把我赶出房间。我敢说，将来也不会。

下边等待我的是欢乐，因为新经济政策乃福之所倚：戴破头巾的老娘儿们统统被撵出去了；蜘蛛网扫除干净了；有的橱窗里亮起了电灯，挂起了一串串西服裤子背带。

这是 1922 年 4 月。

第三幅画面：全速前进

7月的一个闷热的傍晚，我再次登上了那座九层的尼连泽耶大厦的顶层。两道花园环形路上的路灯有如两圈珠串在闪光，灯光半径一直延伸到莫斯科郊区。尘土飞不到高处，能够到达这里的只有声音。如今这已是一种十分清晰的声音了：莫斯科在发出喧嚷，她的体内在轰鸣。灯光也仿佛在战栗，在蓝黑色的夜空中一会儿发出黄光，一会儿发出白光。电车在咣当咣当地响，还能听到它们在下方吱吱嘎嘎的动静。乐队在花园林荫路演奏的声音也隐隐约约一阵阵送到耳边。

高处有一片光影在闪烁。电影机在轧轧地响——银幕上是一幢带白色圆柱的地主之家。微风不时吹拂着环绕顶楼平台的二层平台桌上雪白的桌布，身着燕尾服的侍应生手托金光闪闪的托盘往来奔忙。“奈普曼”也爬上了顶楼。坐在我脚边这张台子旁的是四个扁脑袋，低低的额头，筋骨发达的下腭。在四位“奈普曼”的脑袋之间，是四张浓施脂粉的女人面孔，整个台面堆满了鲜花。白色、红色和蓝色的玫瑰把桌子完全覆盖了，只剩下了五小块空地，摆满了酒瓶。乐台上有个穿红衬衫的人同他的搭档——一位穿萨拉凡的姑娘——唱着快板歌：

契切林在莫斯科

有一家乐谱出版社！

钢琴洒下一串串和弦。

“好！……”“奈普曼”齐声高叫，举杯相碰，“再来一个！”

一个从上层平台看去仿佛没有脚的扁平鼻子的姑娘手捧大高脚杯赶紧小步跑到桌旁。

“再来一个！”一位“奈普曼”又是大叫，又是跺脚。他左手搂着一位女士的腰，右手则在忙着选购鲜花。桌上的大高脚杯里已经找不到插花的地方了，于是他把花插进了那位女士裸露出黄色后背的衣服里。女士嘻嘻一笑，身子哆嗦了一下，朝“奈普曼”送去一个令人销魂的媚眼，搞得他好长时间眼睛发黑，云山雾罩的。侍者从沥青地面飘了过来，深深一躬。“奈普曼”眼瞅菜谱，犹豫不过片刻，便点好了菜。侍者把餐巾一挥，脑袋伸进玻璃窗，干净利落地报出了菜名：

“八份橄榄汁烤肉，两份白芪煎肉，两份牛扒。”

乐台上突然爆出了音乐声，跳起了剽悍快乐的水兵舞。套着亮皮鞋、喇叭裤的腿脚在上下翻飞。

我从上层平台走到下层，走进玻璃门，沿着大楼那宽宽的仿佛无尽无休的楼梯向下走去。特维尔大街以阑珊的灯火、汽车前灯和沙沙作响的脚步声迎接了我。在耶稣蒙难修道院门前黑压压地站着一大群人，驶过的汽车把喇叭鸣个不休。人群上方挂着一张银幕。颤抖的画面在白色幕布上有时化作一个个黑点，模糊一片，影像消失，有时又变成一片耀眼的白光。画面在不断晃动着。铁甲列车拖着平板车摇摇晃晃地前进。胸前缠着绷带的衣衫褴褛的炮兵战士站在平板车上，闪电似的挥动双手，把一颗颗炮弹推进炮膛。再一挥手，炮身震动，一团浓烟飞起。

特维尔大街上电车在咣当咣当作响，铺路的石块被一堆堆翻起。沥青锅在燃烧。莫斯科在夜以继日地修建。

这是 1922 年闷热的 7 月。

第四幅画面：时下

有时候你好像觉得莫斯科有两个大剧院。一个是这样的：傍晚时分，建筑物顶部的灯光亮起，楼顶支架上插满红旗。正门上方三角形廊楣上摘去双头鹰国徽的地方还留着一个白色斑点。长满了铜绿的马车雕塑变得黑乎乎的，轮廓在暗霭中模糊一片，给人以一种阴沉之感。街心花园那边游人可数。排列着一行行身穿军大衣外罩短皮袄，头戴钢盔，手持步枪，刺刀闪光的坚毅身影。各条小街上都可以见到胯下战马头戴黑色钢盔的骑兵在集结。所有的窗户灯火辉煌。大剧院里正在举行代表大会。另一个大剧院却是这样的：在戏剧之神缪斯所钟爱的时刻——晚七点半——看不见大放光芒的五角星，也没有红旗和街心花园里那长长的一排哨兵。大剧院依然是那座屹立了数十年的庞然大物。照耀在廊柱之间的是一圈圈昏黄的灯光，殷勤迎客的剧院的灯光。黑色的人影正在向柱廊汇集。大约两小时过后，在那若明若暗的演出大厅里，在一排排楼座上，到处是黑压压的人头。昏暗的包厢拉开了帘幕，里头坐的是一排排闪亮的肩章。灯光不时滑过沉甸甸的幕布，拉达梅斯凯旋曲在铜管乐和合唱队的伴奏下，雷鸣般的响声像水波在流淌。演出休息时，大剧院在灯光下尽情地展示她的金碧辉煌，看来风采依旧，不减当年。

幕间休息时刻大厅是一片金和红的世界。官员模样的人们一个个跷着二郎腿定定地瞅着脚上锃光瓦亮的漆皮鞋尖发愣（我也给自己买了这么一双漆皮鞋）。只有一位“奈普曼”的夫人打破了这幕间休息肃穆的气氛。但见她从二楼正包厢弯腰探出栏杆，用双手圈成喇叭冲着池座大喊：

“朵拉！快上俺们这儿来！米佳和索尼亚都在俺们包厢里！”

白天，黄色的大剧院显得颇为臃肿，外墙也褪色了，破败了。电车绕过小剧院朝她驶来。天色刚一暗下来，“缪尔-梅里利兹”公司的大玻璃橱窗里华灯就大放光彩。在它的屋顶出现了一个圆形广告牌，上头六个大字：“国营百货公司”。入夜广告牌中央的灯就亮了起来。在涅兹洛宾剧院的楼顶有两行由灯光组成的字忽明忽灭："今日币值251"。在斯托列什尼科夫楼顶的屏幕上歪歪扭扭打出的几行字是："为什么我们要建议买鞋只能到……"耶稣蒙难广场的一家楼顶安设了一个屏幕，上头的广告一会儿亮起彩灯，一会儿变成黑色，然后又熄灭了。那里的另一个街角，穹顶上灯光忽而亮起，忽而熄灭，那是"广告"在忽明忽灭。

在特维尔大街、米亚斯尼茨卡亚、阿尔巴特、彼得罗夫卡，此类忽明忽灭的彩灯广告牌越来越多。莫斯科的灯光一天比一天更明亮。商店的橱窗里灯光彻夜通明，莫斯科食品公司开设的副食商店直到半夜还在营业。

如今莫斯科就连夜间休息的时候也不肯闭上她所有的通明彻亮的眼睛了。

清晨，汽笛声、车铃声响成一片，人潮涌向街道的人行道。载重汽车哗啦哗啦地甩动着深深陷入雪地的防滑链，在印有轮迹的松软褐色雪地上爬行。晴朗的日子里一架架飞机低吼着从霍登卡机场飞向蓝天。电车从米亚斯尼茨卡亚大街和卢比扬卡大街急匆匆地驶出后，同往常一样还是在卢比扬卡广场绕场一周。它们一个接一个地驶过位于雉堞犹存的那段老城墙脚下的印刷工业奠基人费多罗夫的铜像前，再向下一直冲向大都会饭店。大都会饭店底层脏兮兮的玻璃窗已变得明亮起来，仿佛被人揭掉了一层眼翳，里头展现出一排排五光十色的书籍封面。夜晚，在大门的上方，亮起一盏金光闪亮有如钻石的球形门灯：第二国营电影院。隔着街心绿地，对街的杰斯托夫大饭店又出人意料地复活了。大门口伸出来一个小牌牌：农家菜汤。在奥霍特内·里亚德，那些牌匾却大得能把一间小店铺挡住。不过帕拉斯凯瓦-星期五小街的模样却显得那么可怜巴巴。据说，它可能要被拆掉。太可惜了。这条窄窄的小巷，一侧的橱窗里摆着一块块鲜肉和旧货商的一个个小匣子，另一侧则是几乎挤占了半边大道的教堂的白墙。

特维尔大街和奥霍特内以及莫霍瓦亚交叉的地方，有一片小小的空地，如今上边的小教堂也被拆掉了。

红场的招商楼近几年来一直是可厌可恶的商业凋蔽的惊人例证，如今已开满了商店。摩肩接踵的人群在中央喷泉旁发出喧闹声，还有买卖外币的。他们那挂满殷勤的笑脸受到一种情绪的破坏：目光总不是那么自信。我看完全可以理解：这家“国立百货公司”只有三个出口。不过伊林斯基门那边的情况就有所不同了——那边是街心花园，一片空旷，一眼可以看出老远去……小酒馆像瘟疫般在蔓延，有的开张，有的复活。在花圃街的绿地上烟雾腾腾，管乐齐鸣，还夹杂着金属敲击的声音，这里在演奏“自然”波尔卡舞曲：

我亲爱的小天使你快快来，
跟我共舞乐开怀。

……我听见了，我听见了……

波尔卡舞曲如天籁！

现下马车夫也会从前座转过身来同你攀话了；诉说一下时事艰难，抱怨马车夫人数太多，而乘客却喜欢去坐电车。风把电影广告卷到跨越街道的横幅上。围墙被几百万张五光十色的海报所淹没。海报召唤人们去观看新的外国电影，预告近期上映《一个给红军战士染上梅毒的妓女——扎波罗娃受审记》，以及几十场辩论、讲座和音乐会。《萨宁》被批判了，库普林的《亚玛》被批判了，《谢尔盖神父》[1]被批判了，不要指挥也可以演奏瓦格纳的作品，人们用军用探照灯和小轿车来排演《奋起的土地》，音乐会通过无线电来转播，裁缝们随意制作枪兵的制服，袖子缝上了一个个亮晶晶的星星和带官阶的领章。书亭里堆满了各种杂志和几十种报纸……

好不容易3月的阳光露出了笑脸，雪融化了。卡车的喧嚣声变得更加响亮、热烈、欢快。一条电车路已经铺到了麻雀山，有的地方在挖土，有的地方在运板子，有的地方小车在吱扭吱扭地叫——人们在做筹备全俄展览会的工作。我

① 这里的背景是20年代初苏联社会流行的一股批判一切否定一切的极左思潮。文中列举的文学作品都是激烈争论的对象。

坐在自家五楼的寓所，房间里堆满了旧书。我幻想着夏天登上麻雀山：拿破仑曾在这里眺望，我也要眺望一下，林林总总的莫斯科会是个什么模样，她怎样呼吸，怎样发出闪闪的光辉。莫斯科，我们的母亲。

在玻璃的天空下[①]

一个穿灰条纹西裤的骗子，头戴一顶磨掉了毛的皮帽子，手上拿着个不大的口袋。一张活像被蜂群蜇过的脸，两片厚嘴唇之间叼着一根湿乎乎的烟卷儿。

另一个矮小的身影悄悄滑过了打扮得光彩夺目的司阍之旁。他穿着军大衣，戴着制帽，帽檐儿已经裂成了两半，满脸的慌张不安。酒糟鼻子。一眼就能看出是某机关通信员之类的人物。骗子目光一扫，立刻趿拉着橡胶套鞋凑到了这位通信员的面前。

“有啥要卖的？”

“债券……”通信员放开攥紧的拳头，掌心里露出了一张蓝色票券。

“怎么个价？”骗子的眼光死盯住债券不放。

“最好能给一亿一千万……”通信员笨嘴拙舌，说话时

---

① 第一次发表在 1923 年 4 月 24 日的《前夜报》上，署名为：米哈依尔·布尔加科夫。

还打了个噎。于是在那张蜇肿了的脸上，小眼睛里立刻闪出了两簇战斗的火花。

“我说，看你这模样还算讨喜，“骗子说，”就凭你这脸蛋，我给你出九千万了。干不干？别人我绝不给这么多。咱俩算有缘。”

通信员那淡黄色的胡须下边，嘴巴惊讶得变成了圆形。他下意识地朝镜子般的橱窗转身瞥了一眼，想在里头看到自己的影子。骗子的眼睛里爆出快乐的火花。镜子里果然有一位风度翩翩的通信员，模样十分讨喜，只不过帽遮是破的。

“成交了？”骗子以迅雷不及掩耳之势展开了第二次攻势。

“那怎么成……老天爷在上，有人给过一亿二千五都没卖……”

“真有意思，给过价算得了什么？我也能给你个一亿二千五的价不是？现在就给。老弟，别忘了，给价好给，真要出钱买你的可就难了。”

“到了 5 月它们准能值两亿。”

“有道理！”骗子以胜利者的姿态大喝一声，“那我劝你就等到 5 月再脱手好了！”

骗子当即来了个 180 度急转弯，摆出一副要走的样子。可这时正好另外有两个四处寻风的人物也想过来找通信员搭讪，一个是东南边一带的脸晒成古铜色的汉子，还有一个则是脸刮得光光、胖得像发面饼似的莫斯科人。于是骗子又来了个急刹车。

“最后再说一句。你也甭再在这儿转来转去的遭罪了，给你再添二百万。我等的电车来了。若不是因为看你是个好人才……”

“行吧！”通信员把制帽朝脑后一推，破釜沉舟地哑着嗓子说。

透过商厦那望不到尽头的略带拱形的玻璃屋顶，射进来的是春天苍白的日头。铜管乐队在喷泉上方平台上演奏的乐曲听了心烦：一会儿华尔兹，一会儿又是那种教人恶心的玩意儿——俄罗斯歌曲大联奏，耳朵都受不了。

喷泉之旁脚步沙沙，衣衫窣窣，其声不绝。没有人大声喊叫，也没有人高声说话。但身旁常有人低声搭讪：

“有美元卖吗？要买美元吗？”

“收购债券银行券。”

往往还有更神秘更令人心惊的：

“收购黄金，出售黄金……”

“黄金……黄金……黄金……”

黄金看不见也听不着，但空气里却可以感觉它的味道。无形的黄金就在这里的脉搏中跳动。

一个穿短夹克衫的银牛不知打哪儿突然钻了出来,又像条狼似的一闪闪进了喷泉旁侧的一条通道。一条影子跟在他身后。到了通向米宁和帕扎尔斯基塑像的那个隐蔽而僻静的门口,他们在一个角落里停了下来。

银牛从短外套的夹层里变魔术似的掏出来一枚圆圆的金币。瞧,金币出来了。

影子把镌有沙皇头像的金币拿在手里翻来覆去地好一阵端详。

“这玩意儿……没毛病吧?……”

短外套打鼻子里不屑地哼了一声:

“这地方可不是苏哈寥夫卡。这玩意儿又不是我家造的。”

影子提心吊胆地朝四外瞅了两眼,一哈腰把金币轻轻地扔在了地上。金币刹时间发出一阵清脆的嘤咛声。果然是真货!金币在短外套的口袋里消失了。短外套捏着一把票子在数。接着飞也似的分开。于是又回到喷泉旁不断兜来绕去。低声低语地搭讪……黄金……黄……金……

商厦的一条走廊被隔断了。入口处神秘兮兮地坐着一位笑嘻嘻的公民,手里拿着票本子。想要进交易所成交吗——请付四十个柠檬的票价。在隔断的区域之外绝不允许交易。不过你总没法禁止人们在商场的喷泉旁溜达吧?也没法禁止人们像说梦话似的小声嘟囔吧? 所以还是无法确定任何犯罪事实。如果有这么个公民,他一边走一边叨咕,而且又不是冲着谁:

“收购小银器……收购小银器……”

那又有什么可以大惊小怪的呢? ……

在这些患了梦游症似的男士中间,间或也会有一些仪容高雅但目光惶惑不安的女士的身影出现。这些都是公务员的妻子,是一些偶尔光顾金银外币市场的人。她们来出售那些在可怕的年月里包裹在破袜子里藏到五斗橱里偷偷保存下来的金银首饰,再不就是受到贪婪之心的驱使到这里来打算买它一两枚金币:熟人们成天在耳畔吹风,说什么金币可以升值,升值……黄金……黄金……

“玛丽·伊万诺芙娜,黄金,是应该买的。它可是靠得住。”于是玛丽·伊万诺芙娜就到了商场,猫在黑乎乎的犄角旮旯里。于是玛丽·伊万诺芙娜就也拿金币往地板上摔响玩儿。

“这个金币磨损得太厉害了吧?”

“太太……”银牛委屈死了,“听太太您说这话不奇怪吗?”

“您可别见怪。只不过这上头的沙皇有点不一样。瞧这脸上的表情……”

“太太,这脸上的表情可不是我弄上去的。表情不是满不错的嘛。”

玛丽·伊万诺芙娜忙从手提包里掏出一卷票子，于是小金币就进了手提包。

在这群职业银牛之中，偶尔也有几个戴红帽箍的旧制帽闪过。干的也是这种金银买卖。在这里转的还有涂脂抹粉面色苍白操神女生涯的女郎。川流不息的普通行路人从尼古拉耶夫游廊走向伊林卡——他们都是商场内国营百货公司无数售货商店的顾客。他们同围在喷泉旁挤在回廊里做金银外汇生意的密密麻麻的人群汇成一体，消失在熙来攘往的人群中。他们里头有各式各类职业高手。其中莫斯科人戴的是带帽耳的皮帽子，还有黑皮肤的东方人、西方人和南方人，他们眼里是阴郁的目光，胡子也不刮，邋里邋遢。有的是一身饱经风雨沧桑的破旧大衣，但也有脖子上围着价值昂贵的海龙皮领的。有在苏哈寥夫卡小市上买来的大饼子皮鞋，也有锃光瓦亮的精品皮鞋。有的须发皤然，有的嘴上无毛。厚颜无耻者有之，彬彬有礼者亦有之。有的发木，有的却活泼得有如水银。个个都是职业好手。除了黄金，黄金，黄金，他们什么也不干，什么也不想。整天价地在喷泉旁转游。他们巡风问讯，待机而动，俾求一作而收全功。

下午五时，玻璃穹顶之下依然弥漫着春日里那种灰蒙蒙的光线，回廊里仍然是亮亮堂堂，喧声不绝。商店的橱窗里亮着灯。喷泉拐角的橱窗里香烟盒、大高脚杯、杯托，还有各种宝石在闪耀着精光。自助餐厅里飘出来一股油炸食品的香味。奖品为小瓶酸啤酒或小盒糖果的当场开奖抽彩活动正进行得热火朝天。

突然，响起了一阵尖锐的笛声：今日的场内黑市交易结束了。顾客们走出交易所的隔墙纷纷四散。喷泉旁惕然四顾悄声搭讪的黑市交易也告结束。急匆匆的低语声犹能传至耳边：

“黄金……黄金……”

有人还在以急急忙忙的目光搜寻着顾客。金卢布又上浮了十五个柠檬的数。不过人群已变得稀薄了。玄色毛皮大衣和灰色长外套三五成群地向出口散去。走廊里已是杳无人迹。脚步声变得好响亮。春天的傍晚来临了，透过那长方形的被分割成一个个小格子的玻璃屋顶，晚霞正悄悄地泛出它柔和的余晖。

1923 年 10 月写于莫斯科

柯尔逊勋爵出乖露丑纪实

——本报莫斯科记者专稿[1]

清晨六时整，火车驶入勃良斯克车站的穹顶下。莫斯科到了。又到家了。经过一段漫画式的外省生活——没有报纸，没有书籍，令人毛骨悚然的谣言满天飞——经过了这样一段生活之后，莫斯科这座巨大的城市，这一国中之国，变成了唯一还可以居住的地方。

瞧，马车。拉到花园路竟要八千万。还了他五千万，倒也去了。莫斯科啊莫斯科。电车已驶出车库，人们也都已在急急忙忙赶路。一个月来这里出了些什么新闻？马车夫偏坐在车上，转回身跟你吞吞吐吐闪烁其词地搭起话来。一方面政府倒也使他满意；不过另一方面，几个车轱辘竟要卖到十五亿！“五一”节嘛倒也满对他的胃口，可反宗教宣传却“有点不相当”。至于究竟什么地方不相当，他也说不明白。脸上的表情明摆着是有什么新闻，可就是打听不出来。

① 本文第一次发表于 1923 年 5 月 19 日的《前夜报》。

下起了贵如油的春雨，我把身子缩进了车棚。车夫挥动皮鞭，渐渐打开了丰富多彩的话匣子。有意思的是他把“万亿”说成了“玩意”，还给大主教吉洪往身上栽了一通趣闻逸事。听口气他——马车夫——准是把齐普里亚克、吉洪和坎特伯雷大主教全都搞混了。

终于到家了。这回我可再也不想离开莫斯科出远门了。十点钟我翻开了一大张《消息报》，整整一个月没看报了。头版头条——“沃罗夫斯基[1]遇害！”

原来是这样。怪不得马车夫那副面孔总像有话要说。这消息在莫斯科昨天就知道了。大白天哪有心思睡觉，应该上街去看看。这当然不仅仅因为沃罗夫斯基的事，而且还有柯尔逊[2]，柯尔逊，柯尔逊。还有最后通牒、炮舰、扫雷舰。同志们，快起来抗议！！瞧瞧这些事件！莫斯科做出反应了。难怪空气中充满了电荷！

不过渴睡的劲头还是占了上风。一直睡到下午两点。醒过来时就开始侧耳倾听。不错，当然了，那是特维尔大街，有乐队的声音。一队，两队。看来示威游行开始了。

下午两时，特维尔大街已是水泄不通。一眼望不到头的

---

① 瓦茨拉夫·瓦茨拉沃维奇·沃罗夫斯基（1871—1923），马克思主义文艺批评家和苏联早期国务活动家，曾任苏联驻斯堪的那维亚各国大使、意大利大使等职。1923 年在洛桑被白卫军分子杀害。

② 乔治·柯尔逊（1859—1925），1919 至 1924 年间任英国外交大臣。十月革命后对俄武装干涉的组织者之一。

长长的人流高举着密密麻麻有如森林的标语和旗帜在缓缓滚动。其中有不少是在上一次10月和5月游行中使用过的旧标语和旧旗帜，但有时也会见到一些新的，以惊人的速度赶制出来的——那是大量的口号。一块表示悼念的黑色标语牌从眼前飘过："欧洲资产阶级杀害沃罗夫斯基绝没有好下场！"然后是一块红色的："柯尔逊先生不许玩火！""我们严阵以待！"

人流越来越密，沿人行道边缘已难以走动。商店关上了门，拉上了铁栅栏。两旁的露台上和窗前挤满了成百上千看热闹的人头。我原想拐进胡同，绕道前往耶稣蒙难广场，但马蒙诺夫胡同有几辆大车、两辆汽车和无数马车把道路堵了个严严实实，水泄不通，所以只好随波逐流了。一辆由载重汽车改装的马拉战车在人海中飘浮。头戴高筒礼帽的柯尔逊先生站在马车上，他涂着大红脸，身穿皱皱巴巴的燕尾服，手里拽着一根锁链，另一头锁在了一群穿花袍的东方人脖子上，一面还不时用皮鞭抽打着这些人。人群中响起了刺耳的哨声，共青团员们齐声歌唱：

柯尔逊，最后通牒任你下，
但我们却只有一个回答：
别人可以容你胡言乱语，
而我们却绝不允许！

耶稣蒙难广场上迎面滚滚而来的是第二道人流。他们是一队队徒手的红军战士。共青团员们按照整齐的节奏朝他们喊：

红—军—万岁！

一位交通警察不知用了什么办法使这条河在几秒钟内停止了流动，把花园路上的两辆小轿车和一辆敞篷马车放了过去。然后又朝那些大板车扯着嘶哑的嗓子喊：

“绕道走！”

人流朝特维尔大街拥去，向下流淌。拐角的地方钻出来一个面孔熟悉的“倒爷”，瞅瞅那旗帜，意味深长地哼了一声说：“我不怎么喜欢这种游行……不过我是因为有小肠疝气。”

人群把他挤到墙角，他不见了。苏维埃大厦里所有的窗户全都敞开，阳台上也挤满了人。队伍中的乐队奏起了《国际歌》。在众人的脑袋之上高出一大截的柯尔逊晃里晃当地往前走。阳台上的人们用英语和俄语喊：

“打倒柯尔逊！”

马路对过，自由方尖碑座的小平台上，马雅可夫斯基张开他那张吓人的四方大口，微微嘶哑的男低音回响在人群上空：

……不列颠……向左！

向左！向左！

“向左！向左！”群众这样应和他。斯托列什尼科夫大街又滚出一股新的人潮，涌向方尖碑。群众在呼唤马雅可夫斯基。他再次出现在平台上，响起了他的大嗓门：

同志们，你们总是听人吵吵嚷嚷，但却不知道柯尔逊勋爵是个什么人物。

接着便开始解释：

看外表是一位彬彬有礼的勋爵，骨子里是一头青面獠牙的野兽！当巴库的共产党员遭到屠杀的时候……

苏维埃大厦前的铜管乐再次奏响。尖细的女声唱起：

起来，饥寒交迫的奴隶！

马雅可夫斯基把一句句分量有如石块般沉重的话语抛掷出来，纪念碑前的人群像炸了窝的蚂蚁似的沸腾起来。一个声音压倒了喧嚷，在平台上响起：

柯尔逊滚下台去！

在奥霍特内无尽头的队伍把整个大街塞得满满的，可以看到大剧院广场上也挤满了人。伊维尔斯卡亚教堂里的烛光在令人不安地摇曳颤抖，四位老婆婆跪在圣像前发出沉重的叹息。部队从沃兹涅先斯基门的门洞里蜂拥而出，行经伊维尔斯卡亚教堂门前。铜管乐奏起了进行曲。队伍把柯尔逊的像顶在刺刀上，一个工人跟在后面，用铁锹砍向他的脑袋。戴着皱巴巴的高帽的脑袋被打得四下里胡乱摆动。紧跟在柯尔逊之后，从门洞里驶出了一位胸口挂着牌牌，上面写着“照会”二字的绅士，接下来则是一个巨大的马粪纸拳头，上写：“这就是我们的回答。”

通过尼科尔斯卡亚大街时倒满顺利，但走到特列甲科夫斯基小街的时候迎面又涌来一股人流。这回柯尔逊被倒吊在一根杆子上，在绳子上晃来晃去。他的脑袋不断在石子路面上碰撞。大剧院小街汹涌的人流中有几副木制骷髅悬挂在绞架上，牌子上写着：“柯尔逊政策的恶果。”几辆锃亮的轿车停在涅格林内大街拐角为厚厚的人流所阻，大剧院广场简直成了人的海洋。我在莫斯科从来没见到过这样的情景，即使在十月革命的日子里。我在队伍和沸腾的漩涡里穿行了好几分钟，费了九牛二虎之力才穿过了手拿小红旗的少先队员队伍，又穿过了红军战士组成的灰色人墙，来到中央浴池前挤满人群的人行道上。涅格林内大街没有多少人。各路电车已打乱行驶路线，急急忙忙沿涅格林内大街向远方开去。从这里到库兹涅茨基大街一路畅通无阻，但上到库兹涅茨基大街后又亮起了红灯，队伍又是看不到头。我顺着拉赫曼尼诺夫胡同来到彼得罗夫卡，接着拐上花园环形道，只见这里电车一辆接一辆地在路上行驶。耶稣蒙难大教堂前还是人群。这时一辆囚车驶过，里头坐的是皮尔苏茨基[①]、柯尔逊、墨索里尼。载重汽车上有个男孩吹着一个不大的硬纸壳喇叭。人行道上人们都扬起了脑袋。一个黄色的气球在莫斯科上空缓缓飘向东方，上头有条人们熟悉的标语，其中部分字迹清楚地映入人们眼帘：“……联合起来！”

飞行员们从载人的筐里向下投掷传单，一个个黑点在蔚蓝色背景上飞舞、飘动，悄悄地落向莫斯科。

1923 年 5 月写于莫斯科

---

① 约瑟夫·皮尔苏茨基（1867—1935），波兰社会党右翼党魁，1919 至 1930 年起历任波兰的军事长官、首相等职。

旅途札记

——莫斯科—奥德萨第7次快车[①]

出　发

新竣工的勃良斯克车站又大又干净。一个两年来足不出户的人准会觉得车站里一切都超乎寻常。这里的地方特别宽敞，地板闪闪发光，有搬运工在忙碌，售票所附近看不到吱哇喊叫满嘴脏话急匆匆朝什么地方冲过去的愤怒欲狂精疲力竭的人们。听不到那种该死的腻腻乎乎的令人感到心情沉重的咒骂声，看不到那些灰乎乎一片令人可畏的大包小裹，也看不到那种情绪沮丧的年轻人，或是那种鬼鬼祟祟窜来窜去专靠浑水摸鱼偷人行李包裹为生的人。总而言之它完全是一座难以形容的新车站。施展妙手空空之徒已经屈指可数，而且都穿上了西装。搬运工人的样子看来还有点神秘兮兮的，不过如今已涂上了一层忧伤的色彩。须知如

① 本文最初发表于1923年5月25日《前夜报》。

今的车票已是可以提前一天在大都会饭店买到（排队的只有五六个人！），而且还可以电话订票，就会有人送票上门。

唯一的一次我的心揪了起来，那是因为我发现在通向月台的门旁排了大约有三十来个男男女女，一个个带着茶壶，坐在手提包上。手提包、茶壶和这些人排成了弯弯曲曲的一字长蛇阵，尾巴一直甩到大候车室里。看到这条尾巴，看到坐在箱子上的人们神情紧张郁郁寡欢互相戒备地注视着门口，我不由得停下脚步，脸色也变得苍白了。

上帝啊，难道这一尘不染、宽敞安静的环境只不过是个虚假的场景?!上帝啊，只要入口一打开，难道孩子们就会号叫起来，玻璃就会挤碎，钱包也会不翼而飞？……简直是噩梦一场！登车的时刻难道真的会是一场噩梦？

一位头戴铁路制帽的人从我身旁走过，他的话使我安下心来：

“公民，请不必担心。他们这是在发傻。不会有麻烦的。座位都是对号的。出去溜达溜达，提前五分钟回来直接进车厢就是了。”

我的心立刻充满了欢乐，于是我跑去参观车站。

一分不差，就在十点二十分，一顶红制帽沿着列车旁闪过，蒸汽机车嘶声长鸣，巨大的玻璃穹顶消失了，车窗外闪过了烟囱、车厢，还有四月迟融的积雪。

鬼才知道这是怎么回事！比车站要差。包厢里有两张卧铺。卧铺上的床罩显然是新的，窗子上挂着窗帘。列车员进来收了车票和卧铺票，给了回执牌。一个身穿皮夹克的男子以礼貌至为周到的口气问：

“您要就餐吗？”

“噢，是的，要就餐！”

两节车厢之间的连接处没有缓冲装置。从一个车厢到另一个车厢要跨过在行进中摇摇晃晃的车厢平台。餐车设在倒数第二个车厢。车窗的玻璃很大，地上全铺着地毯。桌上是雪白的桌布。暖气烧得很好，一进门就觉得暖融融的。

餐桌之上飘动着一层微微发蓝的热气。大玻璃窗外闪过了疏林、积雪斑斑的田野、光秃的树枝和灌木林，接着又是田野。

然后再往回走，回自己的车厢，经过“硬座”，也就是原先的三等车厢。包厢里也是一股融融的暖意，车窗下的散热管热气扑面——列车员把锅炉烧起来了。

晚上，当我第二次去餐车就餐之后，天开始黑下来了。田野上的积雪似乎少了起来，这边的天气看来暖和了不少。车厢里的灯丝发出白炽的光，走廊里响起了人们的交谈声。不时有“银行券”“无神论者”之类的字眼送到耳畔。人们翻阅着五光十色的杂志。列车员不时拿着撮子进来清倒烟灰。一批外衣华美、脚登尖头皮鞋、戴着手套的绅士前往餐车就餐。暮色中列车驶过一个个车站。停靠的时间都很短，只有几分钟，接着车厢便又摇晃个不停地前进了。于是暖气变得愈来愈热。

入夜，软席车厢里一切都安静下来，大家都脱衣就寝，也听不到有人在梦里说银行券啦，外币啦，成本核算啦什么的。人们暖暖和和地在睡梦中驶过了几百俄里。勃良斯克、科诺托普、巴赫马奇。

早晨看清了：这里已不再有积雪，天气很暖和。

车到涅仁诺，有个男孩突然从车轮底下钻了出来，一脸惊慌不安怕人发觉的表情。他的腋窝下夹着两罐酸黄瓜。

“十五个柠檬的价！”小男孩尖声叫道。

“拿过来！”乘客们挥舞着手里的钱高兴地喊。但小男孩突然吓得脸都变了样，一头钻到什么地方不见了。

“疯子！”莫斯科人实在摸不着头脑。紧跟在男孩身后的是个妇女，也是浑身哆哆嗦嗦转眼就不见了。

谜底立即揭开：原来沿着车厢走来了一位铁面无私的警卫，他身穿一件拖到脚后跟的骑兵军大衣，嘴里在气哼哼地嘟囔：

“鬼婆娘们！”

然后又对乘客们宣布：

“公民们,请别破坏规则!不要伸出车窗买东西。小卖亭就在那边!”

乘客们蜂拥前去购买涅仁诺的黄瓜，规则有的是遵守了,可有的倒也未必。

午后一时许,列车拐过达尔尼茨克森林,第聂伯河已经在望。晚点大约两个小时。列车驶上了爆炸后经过修复的铁路大桥——它高耸在一片混浊的水面上，而在对岸郁郁葱葱的山峦之上,已展现出俄罗斯最美丽的城市——基辅。几条生锈的铁道线从悬崖底下朝不同的方向延伸出去。在战火中损坏的客车和货车车厢在这里排成了一眼望不到头的行列。机车上不时还能看到模模糊糊的字迹——“无产阶级……”

窗外飘过一座建筑，上面写着的几个大字是:“基辅第二火车站。”

基辅城[1]

历史的追思

春天的果园里白色鲜花盛开。皇家花园郁郁葱葱。阳光闯进了千家万户的窗户，在屋子里燃起了一把把大火。再看那第聂伯河！那晚霞！那山坡上的维杜别茨基修道院！绿色的海洋一层一层地奔扑向温柔而富于色彩的第聂伯河。河面展开了蓝黑的融融夜色，缀以电灯的圣弗拉基米尔十字架高悬在夜空……

总之，一个美到了极点的城市，一个幸福的城市，俄罗斯一切城市之母。

但那是个传奇的时代，那时在我们祖国最美好的城市的花园里生活着无忧无虑的青年一代。那时候这代人的心目中有一种信心，相信人们将生活在洁白的鲜花丛中，生活

---

① 本文发表于1923年7月6日的《前夜报》。署名米哈伊尔·布尔加科夫。作者到基辅的时间是1923年5月。

中将充满静谧、安详。朝霞，晚霞，第聂伯河，沿江花园，夏天街上阳光灿烂，冬天则铺满了软软的柔和的并不带来寒冷的大雪花……

……可是结果却恰恰相反。

传奇的时代中断了，历史突然间迈出了如此可怕的一步。我完全可以准确地指出变化出现的时刻：1917 年 3 月 2 日上午 10 时。此时此刻基辅收到了一份电报，下面是七个字组成的神秘署名：

代表布勃利科夫[①]

我敢担保基辅城里没有一个人知道这神秘的七个字究竟意味着什么，我只知道一点：历史用这七个字给基辅城传递了一个信号——开始了。一开始就是四年。至于这座名城在这一时期所经历的风风雨雨，那就谁也难以说得清了。就仿佛威尔斯[②]书中的原子弹在阿斯科尔德和底尔[③]的陵墓下面发生了爆炸，一千个日日夜夜不仅在基辅城内，而且在它的郊区镇集，在半径二十俄里的别墅区内，到处爆炸声隆隆，火光冲天。

如果天雷（老天的耐心总是有限的）没把所有的当代作

① 代表布勃利科夫，佩尔姆省的国家杜马代表。他第一个把推翻沙皇的消息用电报通知了基辅的铁路员工。

② 威尔斯（1866—1946），英国著名科幻小说家。

③ 阿斯科尔德（？—882），底尔（？—882），前者为古罗斯大公，后者为基辅大公，传说他们共同居住在基辅城中。后为奥列格大公所灭。

家全部劈死，五十年之后再出一个新的真正的托尔斯泰的话，一定会有人创作出一部关于基辅这场伟大斗争的惊世骇俗之作来。到那时书商们肯定能靠这块 1917 至 1920 年的巍峨纪念碑而大发横财。

眼下能说的只有一点：据基辅人计算，这里一共发生过十八次重大变迁。某些亲历动乱的回忆录撰写者记得它们共有十二次；而我则可以准确地告诉大家，它们共有十四次，且其中的十次为我亲身所经历。

只有希腊人不曾侵入过基辅城。他们之所以未能进入基辅纯系偶然。因为他们那明智的上司引导他们急急忙忙撤出了敖德萨。希腊人所说的最后一个词是俄语词“瓦塔”（棉花的意思）！

我衷心地庆幸他们没到基辅来。要是来了准会有更糟的“瓦塔”在等着他们。毫无疑问，他们准会被打得落花流水。人们只消回想一下德国人的下场就成了：那些素有铁军之誉的德国人，头戴钢盔，赶着满载辎重的马车，在艾霍伦元帅率领下开进了基辅城。待到离开基辅的时候，元帅丢了性命，辎重丧失殆尽，就连机关枪也没能带走——愤怒的农民把德国人手里的一切全夺走了。

那位臭名昭著的账房先生，后来当了什么城市联盟执行官的谢苗·瓦西里奇·彼特留拉，更是创造了一项纪录。他四进基辅，但也四次被逐。最后到基辅来的是波兰的贵族老爷们，莫名其妙地带了好多法国造的远程大炮。这是第十四次，算得是压轴戏吧。

他们在基辅城逛了一个半月。老于经验的基辅人瞅瞅又粗又重的大炮和紫红色的毛皮镶边，胸有成竹地说：

布尔什维克很快又会回来的。

一切都果不其然。头一个月刚过，晴天白日苏维埃骑兵便以布琼尼的方式朝不希望他们去的地方毫不留情地迂回了那么一下，于是波兰贵族老爷们只好在几个小时之内急急忙忙放弃这座邪门城市。不过我想在此再说两句题外话。以往所有访问过基辅城的人，临别的时候都还没干什么坏事，最多也就是从圣贤山用六英寸口径的大炮朝基辅放那么几炮，相对来说为害并不算大。可我们这些欧化的同族弟兄破坏的手段却颇为出众，他们居然炸掉了三座横跨第聂伯河的大桥，其中包括那座铁索桥，把它们炸得粉粉碎。

如今挺立在河面的并不是基辅城引以为荣的雄伟建筑，而是那些令人感到压抑的灰秃秃的桥墩。唉，波兰人，波兰人，这些波兰人真够意思！……

俄国人民会对你们表示衷心感谢的。

亲爱的基辅公民们，不必灰心丧气！总有一天波兰人再也不会对我们心存蒂芥，到那时他们将会为我们再建一座全新的大桥，一座比原来更好的大桥，而且是由他们出钱修造。

要有信心，只是也要有耐心。

Status Praesens[①]

要说彼切尔斯克镇已经不存在了，似乎言过其实。彼切尔斯克还有，只是它的大部分街道房屋已荡然无存。到处是光秃秃的废墟，有些窗户纵横交错拉上了生锈的铁丝网。如果有人在苍茫夜色中沿着宽阔空旷回声萦耳的街道踽踽独行，往日的景象准会再现于他的脑际。眼前仿佛幢幢人影晃动，地上似乎传来轻微的沙沙声。一排排散兵线在奔跑中闪过，枪栓在哗啦哗啦地拉响……鹅卵石大路上似乎随时都可能跳出一个模糊的灰色身影，嘶哑地大喝一声：

"站住！"

金色的肩章在奔跑的散兵线中朦胧地闪光，身穿乌克兰短袄头戴镶红布条皮帽的侦察兵跨下战马无声地龙腾虎跃，恍惚中一会儿出现了一个佩戴单眼镜身躯佝偻的中尉，一会儿又出现了一个浑身上下油光锃亮的波兰军官，再不就是一群嘴里粗声大气发了疯似的骂娘、呼呼啦啦闪动着肥裤腿急速奔跑而过的俄罗斯水兵。

唉，素有明珠之誉的基辅！你可真是个不太平的地方！……

不过，什么暮色啦，回忆啦，这一切只不过是幻想。

---

① 拉丁文，"现状"的意思。

白天,在灿烂的阳光下,在悬崖顶端那一座座奇妙的公园里,到处是一片壮美的宁静,栗树的树冠开始发绿,椴树也开始吐出新叶。看林人在燃烧一堆堆去年留下的枯叶,空无人迹的林荫道上烟雾弥漫。玛丽茵斯基公园里寥寥几位游客正俯身于花圈上辨识那褪了色的挽带上的字迹。这里有一片绿色的阵亡战士墓，一块四周堆放着干枯青草的墓碑,墓碑上有扭曲的管子,各种测量仪器的残片,还有一支摔坏了的螺旋桨。它标志着一位无名飞行员在战斗中从空中坠落,长眠在玛丽茵斯基公园的墓地里。

花园里一片安谧。皇家花园的静谧显得那样光明灿烂。唯有鸟声的鸣啭和偶尔由城里传来的基辅公社电车铃声才能将这沉睡唤醒。

哪里也找不到长椅,就连长椅的痕迹也无处寻觅。更有甚者:在那座高架于皇家花园悬崖之间的飞桥上,所有的木板全不见了。基辅人把桥上的最后一块木板也拆下来当柴烧了。剩下的只是一座铁架子。孩子们毫不顾惜自己宝贵的生命,就在上面爬来爬去。

市内也有一些疮痍满目的地方。就比如原来沙皇广场的克列夏提克街头,有一座七层大楼,如今只剩下了一个烧焦了的空壳子。有意思的是这座大楼在最为兵荒马乱的年月倒也安然无恙,后来转到了经济事务局手中。根据当地人准确的证词情况是这样的：大楼里设立了一个食品供给方面的机构，于是就顺理成章地有了一位负责人。负责来负责去，自然就到了要么他自己完蛋，要么只好将办公室付之一炬的地步。于是在一个夜晚办公室着火了。经济事务局的消防人员像一群雄鹰扑了上去。负责人出来了，在戴铜盔的队员之间转悠了一通，于是消火水龙像受了催眠似的不起作用。水也浇了，人也大声骂了，梯子也上了，可就是什么用都不顶——办公室一点儿没剩下。

然而这该死的火既不受经济事务局的管辖，又不受催眠术的影响，竟从办公室蔓延开去，向上发展，终于把整幢大楼像纸扎的房子似的烧了个精光。

基辅人都是老实人，他们异口同声都在讲这个故事。即便情况有所出入，但基本事实就在眼前——房子是烧掉了。

不过这不要紧。基辅的公社经济已经开始显示蓬勃的生命力。假以时日，如果上帝保佑一切顺利，这些都是可以修复的。

眼下基辅各家各户已经是亮着电灯，流着自来水，修缮工作也正在进行，街道干干净净，由公社主办的电车正在大街上行驶。

值得一议

我说的是基辅的牌匾。上头的文字实在叫人难以琢磨。

我要郑重声明：我尊重一切民族语言和它们的表现方法。尽管如此，基辅的牌匾还是应该重新写过。

说真格的，我们总不能认为把药房的“药”字去掉了草字头，就能使这家药房从俄罗斯药房变成乌克兰药房吧？就像公民们理发刮脸的这类地方，也总该有个约定俗成的叫法吧？是叫“修面作”或者“打理棚”好呢，还是简简单单叫作“理发馆”好？

我以为，与其叫什么“鲜酪馆”“酪浆馆”“乳酪斋”“奶浆铺”，倒不如使用第五种说法，也是最合适的说法：“乳制品商店”。

即使我在命名问题上过于武断，但在一个根本问题上还是正确的，那就是：可以确立一个统一的说法。用乌克兰文也未尝不可。但一定要用得正确，而且各处要统一。

否则，譬如像“C.M.P.Ixel”，究竟意味着什么？我原以为这是个人名。但蔚蓝色的牌匾上清清楚楚可以看到头三个字母后头都各有一个点。看来这很可能又是三个缩写词。可到底是什么词呢？

路过的一位基辅人听了我的问题后说：

“天天见这几个字，可从来没寻思过它们是什么意思。”

“Karacik”是什么意思？原来是裁缝的名字，这倒好理解。“细仔堂”——人们之所以能够明白它的意思，是因为下面有了一行译文，以防外地人看不懂。原来这就是幼儿园。但

“smerihel”啦,“koutu vserokompama”啦,“Idalnia”之类的词可就一个比一个更难懂,简直教人目瞪口呆,不知所云了。

居民——风俗和习惯

基辅人和莫斯科人之间的反差是多么强烈啊！莫斯科人都是些厉害角色,他们锲而不舍,行动敏捷,来去匆匆,是一种美国化的人。基辅人则安安静静,慢慢吞吞,一点儿也没有美国人的气质。但美国人的气质招人喜爱。所以当有人穿了一件皱皱巴巴胸部隆起的洋装和一条裤腿几乎吊到膝盖的不成体统的裤子下了火车就直接闯进基辅人的家门时,后者就会赶忙地给他端茶倒水,眼睛里也会流露出强烈的兴趣。基辅人最爱听关于莫斯科的故事,不过我要劝莫斯科人千万别给基辅人讲故事。因为不等你前脚出门,后脚他们准会异口同声骂你是吹牛大王。尽管你说的东西毫无水分。

我只消一张嘴平心静气地说点什么,我的听众眼里马上就会爆出一种特别的充满笑意的火花,气得我立刻就会把嘴闭上。跟他们你说不清什么是赌场,或者茨冈人合唱队在艾尔米塔日艺术馆如何演出,也道不明莫斯科酒馆里怎样喝啤酒,手风琴伴奏的合唱队唱的居然是打家劫舍的好汉库杰亚尔:

……让我们都来向上帝祈祷……

跟他们你说不清莫斯科的交通，说不清梅耶尔霍尔德排演的戏，说不清莫斯科和凯尼斯堡之间如何开辟了空中航线，或是坐在各大公司里的都是些什么人物……

基辅如今是死水一潭，这里的生活节奏和莫斯科大不一样。但基辅人还不大懂得这一点。

子夜时分基辅变得寂然了。第二天一早官员们都到"救援署"[①]去上班，夫人们带孩子，而那些奇迹般没有被裁减的大姨子、小姨子则往鼻子上扑足了香粉之后跑到"阿拉"去上班。

所谓"阿拉"，那可是一轮太阳，而基辅则像地球似的围绕它转个不停。基辅居民可以划分为饮用可可的幸运儿，在"阿拉"上班的幸运儿（一等人），领取美国救济裤和面粉的人（二等人）以及同"阿拉"毫无关系的普通百姓等几种。

"阿拉"主任的婚事（他已是第五次结婚了）是一桩人人议论的大事。那幢原先的欧罗巴大旅馆——如今外墙皮已经脱落，门口停了许多基辅的马车——是一座装满油脂、奎宁和印有"Evaporated milk"字样罐头的殿堂。

俱往矣，基辅的"阿拉"关闭了。那位主任新郎在六月份也登上海轮回美国了，把这群大、小姨子急得牙痒痒的。说实在的，前途难以预料。经济事务局钻头觅缝总算搬进了这

---

① 全称是"全俄救助红军伤病员委员会"。

道静谧的水湾，大楼管理员扬言要修理暖气，手里拿了张单子跑来跑去，上头写了几个字："本预算拨款为金卢布。"

基辅人哪有什么金卢布拨款哟！他们可要比莫斯科人穷多了。要是一裁员，基辅的小姐们可往哪儿安排！用人的地方很少，要给所有的人发救济可做不到。

禁欲主义

新经济政策向周边地区的扩散来得很慢，到达外地已晚了许久。眼下的基辅也就是1921年末的莫斯科。基辅还没有来得及从禁欲主义之中走出来。那里，比方说，轻歌剧也还在禁止之列。基辅的商店虽说也都在营业（顺便说一句，糟透了），却见不到肆无忌惮跑到美术馆去大做生意的，或者个个十字街头都有人大赌彩票的现象。也不见有人喝足了"阿勃劳·杜尔索"牌老酒就整宿整宿开着汽车在街上转悠的。

小道消息

然而基辅人却用小道消息来作自我补偿。需要说明一下：基辅城有一大群老太婆和上了年纪的太太，不知什么缘故竟留了下来。兵荒马乱的战争年月这里家庭破散的情况远胜过其他地方。儿子、丈夫、侄男侄女不是音信杳然，就是死于斑疹伤寒，或者是跑到了殷勤好客的国外不知如何才能回到家园，再不就是遭受到“裁员”的待遇。什么救济委员会也不管这些老太太的事，任哪个社会保障机构也没法养活她们，因为这类社会保障机构并不是什么有钱的单位。这些老太婆真到了山穷水尽的地步，过着一种怪诞的生活：她们始终觉得眼前发生的一切都是一场梦。在这场梦里她们又做着另外一个梦——她们所企望的美好现实。她们的脑袋里诞生着一个又一个憧憬……

应该公平地说一句，基辅人是不看报的，他们坚定不移地认为，那上头登的全是谎言。不过人在地球上生活如果没有信息，也的确难以想象，所以他们就只好到“犹市”（“犹太市场”之谓也）——老太婆们没有别的办法，只好到那里去卖蜡烛台——获取信息去了。

基辅人同莫斯科隔绝，他们同形形色色的久琼尼克[1]之流的发源地离得那么近，加之 1919 年又使他们滋生了一种人世无常之感，致使他们认为“犹市”上播发出来的任何怪诞消息都是可信的。

于是，坎特伯雷大主教也就秘密地到了基辅，要视察一下布尔什维克们在那里都做了些什么（我可不是开玩笑）。

---

① 久琼尼克——1919 至 1921 年间横行于乌克兰的匪帮头目之一。

于是罗马教皇宣称，如果“这一切再不停下来”，他将遁入沙漠。于是先皇后的所有信件完全出自杰米扬·别德内[1]的手笔……

最后，对所有这些也只好一笑置之。

一 教 三 派[2]

这件事比牌匾更值得一书。三个教派，这对于一个基辅来说未免太多了。有老教派、新教派，还有本地教派，也就是乌克兰教派。

其中第二个教派的代表在富有幽默感的基辅人那里得了个别号：“活神甫。”

我一辈子也想不出比这更贴切的外号来了。它可以给予此处言及的人物以最完美的定义——不仅从属性方面，而且还可以从性格特征方面。

就活泼机变和灵活多变而言，只有一个教派的代表人物更胜一筹，这就是乌克兰教派的神甫们。

---

① 杰米扬·别德内(1883—1945)，苏联著名诗人，擅长讽刺诗及寓言。

② 20 年代的苏联教会出现了巨大变化：以吉洪大主数为首的一派敌视苏维埃政权，反对教会财产国有化，是为老派。以弗拉基米尔教区主教谢尔盖神父为首的一派主张教会应容忍社会革命，故称新派。乌克兰教派在政治态度上基本属于新派，主张乌克兰教派独立，用乌克兰语做礼拜。

老教派的代表与他们相比则恰为另一极端：从前者身上不仅看不到任何灵活性，相反倒只能见到他们行动迟缓，手足无措，整天愁眉苦脸。

情况是这样的：老教派恨透了新教派和地方教派，新教派恨老教派和地方教派，而地方教派则恨老教派和新教派。

三个教派的神职人员心里都充满了仇恨，因此教派的善举会有个什么样的结局，我这里也就不难信心十足地作一番预言了：所有三个教派的善男信女均将大批流散，他们将会堕入赤裸裸无神论的深渊。这件事的罪魁祸首不是别人，而是那些神甫，他们不仅闹得自己身败名裂，也弄得信仰本身毫无吸引力了。

在古老而美丽的索菲亚大教堂，四壁全是黑黢黢的壁画，清越的童声合唱团用乌克兰语演唱着赞美诗。这时从正门走出一位年轻人，头戴金冠，但胡子却剃得精光。一顶闪闪发光的金冠，再配上一张小白脸和两只骨碌碌直转的不安分的眼睛究竟会产生什么样的视觉效果，想是无用我赘言。奉劝乌克兰教派的追随者们休得难过，也无须生我的气（应该说，写这几行的时候我心里一点儿也不高兴，而是有一种苦涩的滋味）。

就在旁边的小教堂，天花板上挂满了令人感到悲哀的陈年蛛网，老派用斯拉夫语在做礼拜。新派也给自己找了个地方用俄语做礼拜，为共和国而祈祷。老派按理应该为大主教吉洪祈祷，但此事绝不可行，所以人们就觉得他们似乎不是在做礼拜，而是在低声超度亡魂。最后一派是乌克兰派，他们为什么而祈祷我可就说不清了。不过我能够猜个几分。如果我的猜测不错，我倒要劝劝他们别白费力气。祈祷不会起作用。那位账房先生[①]在基辅是站不住脚的。

这样一来，基辅犹太市场上的老太婆们脑袋里可就弄得一团糟了。老派教派的代表们开办了一个布道学习班，这些个老太婆便成了班上的骨干学员（这一招也真得花费点心思才能想得出来！）。要讲的意思很简单——在这种鼎足而立的混乱局面中罪魁祸首是撒旦。

对这种说法无可厚非，对这样的学习班也就睁一眼闭一眼，反正这样的举措危害仅限于它的参加者。

不料头一个因学习班而触霉头的却是我。一个从小就认识我的好心的老太太一听我说这些关于教会的话，简直吓坏了，于是给我拿来了一本诠释《旧约》预言的大厚书，命令我一定要读一遍。

"好好念念，"她说，"那么你就会看到反基督的恶魔将会在 1932 年出世。魔鬼的统治已经来临。"

书我看完了，可耐心也看没了。我旁征博引地向老太婆证明：第一、反基督的魔鬼 1932 年不会来临；第二、著书的

① 此处指会计出身的乌克兰民族主义分子彼特留拉。

这家伙肯定是个骗子,不干不净,而且一窍不通。

听了这话老太婆跑到学习班去找讲课的老师,把全部情况向他做了汇报,还流着眼泪请他一定把我引上正道。

老师又作了一讲,这回是专门为我讲的。他从中得出结论,认为此事跟二乘二等于四一样清楚:我肯定也是一个教会人士,是反基督魔鬼的先行,并在我所有的基辅熟人面前把我羞辱了一通。

经此一事之后我发誓再也不管教会的闲事了,不管它们是老派、新派还是本地派。

科学、文学和艺术

不。

我找不到言辞来形容杜马门前设立的那座镶着白色穹环的黑色马克思半身胸像。我不知这是哪位艺术家的作品,但却绝不应该是这样。

应该有个明确的认识:不应该是任何一个想做这件事的人都有权为这位德国学者造像。

我三岁的外甥女指着塑像细声细气地说:

“马克西续续,黑色的。”

尾　声

美好的城市，幸福的城市。她从高处俯瞰着第聂伯河，沉浸在栗树的绿荫之中，到处洒满斑驳的阳光。

眼下，经历了炮火硝烟的可怕岁月，城市感到了一种深深的疲倦。多么安宁。

但我感到了新生活的战栗。人们会修复她，她的街道将会再次沸腾起来，在果戈理所热爱的这条大河之上将会再次出现一座伟大的城市。没有人再会记得彼得留拉之辈。

本色生活[①]

——札记摘抄

一切都是事实，除了《胃口越来越大》一则。

一、赌场风波

一位熟识的记者告诉本人说，存在着以下内容的一个文件：

声　明

乐队指挥×××致赌场经理公民：

本人于您所开设的摩纳科赌场输去家传无价金表一枚、1923 年版现钞五千卢布以及交由本人管理之吹奏乐队所属乐器十六件，以致该乐队于五日后解散。

由于本人无法交出上衣、裤子、腰带三件一套构成的公家制服，目前本人正在无产阶级法庭候审。为

① 本文最初发表于 1923 年 7 月 15 日《前夜报》文学副刊第 61 期。

求得本人的宽大处理，尚祈至少发还本人三千卢布。特此声明。

在这份声明上，不知何人以惊诧莫名、不知所措的笔迹，写下了四字批文："着即发还"。

二、克服羞怯的法门

我本人曾经收到过这样一封来信，是从一个边远的省份给首都一家报纸的编辑部寄来的：

编辑同志：

请你一定要刊登我这篇文章，或者说得更简单一点儿，这篇给我们亚科夫师傅（本名和父名略）记黑点的短文。这个亚科夫搅得我们3月8号国际女工节不得安宁。他本该登台做副报告，可上台时却醉得像一摊泥。他的状况哪里还能做报告，只是张开两只胳膊搂着标语牌，其中有两块都被他搂坏了。光知道冲着在俱乐部里和和美美像一家人似的坐了满满一屋子的女工傻笑。

当文艺部长问亚科夫为啥要到这里来没羞没臊地出洋相时，他说他在出场之前为了壮胆喝了两口酒。因为他在妇女面前特别害羞。亚科夫（本名和父名略）真可耻！我们的工会不需要这种羞羞答答见不得人的人。

三、人体对勃洛克豪兹究竟能忍受到什么限度?

在外省小城V一位懒惰的图书管理员同当地文化活动小组一群懒散的成员玩忽职守，对于向工人们提供书刊这样有意义的工作一点儿也不上心。

偏偏有一位年轻工人具有锲而不舍的精神，一心想要上大学,整天缠着图书管理员问他该读些什么书。这只图书馆的耗子为了摆脱纠缠,便推说在《勃洛克豪兹大词典》里载有“绝对无所不包”的信息。

于是,这位工人开始阅读《勃洛克豪兹大词典》。从字母A开始。

说来真难以置信,他居然一直读到了第五卷。

可是从第二卷起，这位钳工就变得食欲不振，面容消瘦,精神恍惚。每次读完,他都是唉声叹气地跑来换书,向这帮坐在灰土呛人的图书出纳柜台后边的文化小组的啮齿动物打听“剩下的还有多少”。读到第五卷的时候,他身上出现了一些奇怪现象。比如说,晴天白日里,在V城大街上,在“班记”铁工厂的大门口,他居然见到了那位著名的阿拉伯数学家阿布尔·阿巴斯·阿赫梅特·伊本-穆罕穆德-奥特曼-伊本-阿里,头上还戴着白帽子。

就在这位阿拉伯数学家显灵的当天，钳工一直沉默不语。他觉得似乎也该歇口气了，于是直到晚上也没再碰一下书，但却仍未能挡住另两位不速之客的来访：先是汉萨自由城市联盟[①]一位名叫爱德华·班克斯的举止放肆的市政官，接下来又是小俄罗斯总督公署执行官季米特里·尼古拉耶维奇·斑蒂什-卡缅斯基[②]。

脑袋疼了一整天，书一个字没看。又过了一天，总算能接着看下去了。好歹看完了四五个词条，什么“班纽万吉斯”“班纽马斯”“班尼埃尔-德-比吉尔”，还有两个“班尼亚卡瓦罗”，一个是人，一个是城市。

阅读进行到一个最最普通的词条——“巴兰诺夫斯基”时，全面崩溃终于来临。叫巴兰诺夫斯基的共九人，计有弗拉季米尔、沃伊切赫、伊格纳季、斯杰潘、两个杨，还有米切斯拉夫、波列斯拉夫和勃古斯拉夫。

他成了图书管理员可怜的牺牲品，脑子里有个东西破裂了。

“我一个劲儿地读呀读呀，”这位钳工对记者诉说，“词条并不难懂，但就是什么米切斯拉夫，勃古斯拉夫的，打死我也记不住谁是谁。只要把书一合，全从脑子里飞出去了。剩下的只有一个名字——马德里安。我又寻思，怎么会是马德里安？哪儿有个马德里安？那里可不是什么马德里安，左

---

① 又称汉萨同盟，14 至 17 世纪北欧诸城市结成的商业、政治同盟。
② 17 世纪俄国外交家及游记作家。

栏是两个巴拉涅茨基，一位是亚德里安先生，另一位是马里安先生。可我脑袋里头记的却是马德里安。”

他的眼睛里噙满了泪水。

记者从他手里夺下词典，以此结束了他的苦难生涯。又劝他把读到的东西忘却，还利用第五卷内容提供的资料写了一篇批评图书管理员的小品，骂他是个没脑筋的软体动物，披毛戴角的畜生。

四、洋说法——“提供证词”

外省的N工厂有个“奈普曼”串通当局，把一个工人家庭挤进了四壁潮湿空气恶浊的地下室，抢走了他的住宅。

可怜工人喊冤告状，奔走公门，扑腾了好长时间，最后被逼无奈，往莫斯科某报投了一稿，说是只要给他登出来，他一定“砸锅卖铁，给予酬谢”。

报纸把这封来信登了出来，两个礼拜后，又来了第二封信：“不知道怎样感谢你们才好。房子给我了。只是行政领导用各种言语向我提供证词，说他们认为我是个告状的小人。”

五、妇女工作

中央的一位负责同志一下火车就直接闯进了省里的一

个文化机构。

“同志,您这里妇女工作搞得怎么样?”首都来客说话的速度跟说快板一个样,是属于时间就是金钱的那种。

“没什么问题,”这位酒气熏天的外省非党非政同志大大咧咧地回答。“这方面情况还不错。眼下我正在跟第三个女人同居。”

六、鲁　尔

标语牌上有一行字:“这里不是你们的鲁尔[①]!”

“鲁尔:俄罗斯罗曼诺夫家族管理局[②],”我认识的一位夫人这样读出了它的全称之后又加了一句,“这太风趣了……虽然一般来说我并不欣赏布尔什维克的幽默。”

七、库尔斯克反常现象

“这种现象真是很多吗?”房产管理员把报纸还给我的时候这样问。“是不是又在骗人哟?如果真的很多,到很可以转卖些给英国人的……”

---

① 鲁尔为德国的重工业区,俄语中这个词的三个字母是 pyp。
② “俄罗斯罗曼诺夫家族管理局”在俄语中的缩写与“鲁尔”一词的写法相同。

“是啊,”我表示同意,“让他们也尝尝滋味嘛！”

八、胃口越来越大

说的是关于所得税。给一个人规定了一百亿卢布的税额。时间是10号下午4点之前交齐。9号上午他就把钱拿去了,二话不说,也不叫苦,默默把钱一交。

“咱们给他定低了,”税务稽察心想。于是追加到一千亿,时间限在15号下午4时之前。

14号上午10点他又把钱送去了。

“好家伙！”稽察说。

于是追加到一万亿。限20号下午4点前交齐。

20号下午4点纳税人赶着大车拉了台印刷机去了。

“自己印吧。”他实在不知所措了。

这则笑话是不堪捐税之苦的莫斯科“奈普曼”编的。

CHANSON D'ETE ①

阴雨连绵的序曲

莫斯科1923年之夏是一个雨水非常之多的季节。所谓“非常”，对此应有所说明。它不仅意味着经常下雨，比如说隔天或者甚至天天下雨。不。雨一天要下上三回，有时一整天都不停。此外，每周夜晚还要下个三四回。有时陡然间还会下起倾盆大雨：瓢泼似的下了一个半小时，夹着绿森森的闪电和冰雹，冰雹个头竟有鸽子蛋那么大。

大雨刚住，头顶才露出几块蓝天，莫斯科街头便出现了一种特别交通方式：马车和大车载客横过马路，要价五百万万卢布。此外还可以看到一些男士彼此背着扛着，一些女士把大腿裸露到可能的极限，或者超过这一极限。

偶尔，雨歇了，莫斯科上空好像堆满了牛奶搅起的泡

---

① 法语，意为“夏天的歌”。

沫，莫斯科人就说：

上帝保佑，天要好起来了。已经有半个小时不下了……

一辆马车拉着几个蓝灰色大桶，拐上了特维尔大街和大剧院广场，赶车的披着斗篷（帆布外套和帆布帽子）。桶后有根横管，上有许多小眼，大滴大滴的水在缓缓而行的马车后头喷洒出一条有两俄尺宽的灰色小道。

我在电车里凭窗而坐，铅笔在笔记本里算了一笔账：若要把大剧院广场全浇一遍，需要九十个这样的桶同时工作，且必须是在快速跑动的情况下。

天空似乎在嘲笑这种洒水装置，发出令人胆战心惊的火箭炮似的电闪雷鸣：机关枪弹似的冰雹斜着激射而下，砸碎了玻璃；水流成河，淹没了地下室。涅格林内大街淹死了两个女人，因为水在那里冲坏了管道，鼓开了路面。消防队员从“丽茜”快餐店往外抽水；冰雹抽打在驾车的劣马身上，疼得它们疯性大发。这就是六七月份的景象。后来洒水车消失了，降雨也开始正常。

不过如果由于洒水车再次出现在大剧院广场而刺激了老天爷，那么倘若莫斯科毁于一旦，责任就只好由水车来负。

杂色蘑菇

阴雨连绵，莫斯科街头像长蘑菇一样出现了一茬有趣的新事物。首先是在所有的十字街头出现了一批红帽子。这是穿新制服的民警。他们的制帽是红帽箍，黑帽顶，绿帽牙，绿胸绦，绿色的警服和马裤。警笛、帽徽、套在套子里的警棍使他们具有一副精干利落、赏心悦目的仪表。民警事业的开头的确是一个辉煌的开头。

三千五百辆汽车有的粗声吼叫，有的曳声长嘶，有的嘎拉嘎拉作响，奔驰在莫斯科各条街道。在所有的十字街头都像在欧洲一样温文尔雅地绕过一动不动有如雕像的戴红帽子穿绿马裤的身影。

莫斯科的电车拥有一副体面的外形：无论是在踏板还是保险杠上绝看不到一个吊着的人，莫斯科也看不到一个人在电车行进中从车上往下跳。莫斯科苏维埃在短短的五六天之内以一则简单英明的决定——就地罚款五十卢布——使电车的乘车秩序达到了理想境界。然而在这六天的时间里在电车站台和车厢里都出现过相当热闹的场面。头戴红制帽手持罚款收据的人们一个个仿佛从地里钻出来似的，对行为疯狂的俄国人彬彬有礼地课以罚款。

对有些肆无忌惮之徒罚款则不是五十，而是五百，但并非在跳车现场，而是把他们请到了民警局。

借光，对个火

电车罚款带来了始料全所不及的后果。恰好一周之前我在卢比扬卡的车站走到一位公民面前向他借火。他本应把香烟递给我，不料却见我就落荒而逃。我以为他是个疯子，便沿大剧院通道继续朝前走去，但却连遭三次拒绝。

只要一听到“借光，对个火”这句话，公民们便吓得脸色发白，忙把烟卷藏到背后。直到我走到亚历山大长廊靠近穆尔塑像的地方，才在一根圆柱后头对着了这个火。跟我对火的那人还像条狼似的东张西望了一番。他告诉我有规定不许在大街上对火。原因是游手好闲之辈常因此而耽搁忙着上班的苏维埃工作人员。

说实话，我还真信了这种说法。几天之后，《消息报》上登出一则短文，把莫斯科的居民称之为“小市民”，这段公案才算了结。但文内的感伤色彩清楚地表明，公民勇气磅礴于胸的作者本人也没敢在街上对火。

紧跟在红蘑菇之后街上又长出了一批从来没见过的黑脑袋蘑菇。年轻的男男女女戴着外国电影里茶房戴的那种小帽。这些黑脑袋戴着胳膊箍，前胸挂着一个装香烟的托盘。小帽上是一行金字：“莫斯科农工联合公司”。

原来莫斯科农工联合公司同街头非法贸易开展了一场

最后的决定性斗争。主意太高明了，尤其是这些黑脑袋蘑菇都是没有收入的学生。是学生都喜欢看书，所以最常见的情况是前胸挂着托盘，托盘里则放着一本布哈林的《历史唯物主义》。《历史唯物主义》无疑是本有意思的书，不过做生意总还是有自己的要求和规律。它要求转来转去，吆喝兜售，殷勤接待，随时向他人提醒自己的存在。公众虽以欢迎的目光看着这批黑帽小贩，但却下不了决心向一个手不释卷的人来询价购物，因为若要缠着一位埋头苦读的年轻人买包火柴什么的，总觉得这是一种厚颜无耻的行径。万一他要是正在温课备考呢？

我真想在这些托盘上写上几个金字：

读书卖货，两不耽误。

就我个人而言，我最喜欢的还是白蘑菇。那就是诺文花园路的高层建筑，它诞生在战时被荒弃的一片尚未竣工的红砖墙之中。

建设，建设，建设！我们应该不分昼夜都转着这个念头。只有建设才能使我们得救，才是我们出路之所在，我们也才能成功。展览馆里的展厅已拔地而起，铁路专用线已铺设就绪，车库里不时也有一些油光闪亮的电车开出来（可能是经过大修之后吧？），不过我们更需要的是住房。

别墅的居民，见鬼去吧！

一切都是从今年开始的。他们一群群有如乌云，沿着从莫斯科伸向四面八方的道路移动，给四乡农民造成了极大的负担。农民把他们看成是《圣经》里说的蝗虫，只不过这种蝗虫是有油水的蝗虫。只要在这里多待一小时，他们就会想办法从蝗虫身上多榨点油水出来。整个 3 月，东家的大婶西家的大叔都用到手的定金买了奶牛，扯了裤料，添置了大扇刀和家里的锅碗瓢盆。

寻常人家的男男女女随身带上煤油灯、“幸福之门的钥匙”、被褥、面黄肌瘦的孩子，住进了鸡棚大小的板房，被蚊子咬得叫苦连天。一个礼拜之后发现，蚊子原来还带有疟原虫。这些别墅居民喝的是乡民卖给的掺了一半凉水的牛奶，吃的是别墅区药房以高过莫斯科一倍的价格供应的奎宁。所有的小河上都出现了一批在破船上荡来荡去的男寄生虫，火车站上则出现了一批卖冰激凌、啤酒、烟卷、脏兮兮的洋樱桃的女寄生虫。绿荫丛中竖立起一块赏心悦目的漂亮告示牌：

下午五时克里亚兹玛河上出售有奖彩券

“餐馆”“大菜厅”比比皆是。

一条条小河上，一个个池塘里，摩托艇的隆隆声一直响到天明。车站上戳着一群群穿蓝布衫的大胡子，他们若要拉你四分之一俄里，要的价准比莫斯科半俄里要的价还多。

牛肉、苹果、劈柴、煤油、掺了水的牛奶，哪一样不都要贵上一倍！

“先生，我们那儿的沙滩漂亮极了……包您满意。一到礼拜天一条河上躺的全是‘解放式’，也就是光屁股。怕就怕下雨！”

背过脸去却说：“什么人都有，上帝可千万别怪罪！白天嘛光屁股在河边躺着，半夜三更又中了邪似的在树林子里头转悠……”

当地农民大清早三点就起来干活，可住别墅的人这时候却刚躺下。白天农民挤牛奶、割草、收庄稼、收拾这儿收拾那儿，斧头抡得山响。住别墅的却蹲在鸽子笼似的板棚里受罪，读贝努阿的《大西洋城》，再不就没着没落地冒雨跑出去到处找啤酒，或者请别墅区的医生来看疟疾。第二天一早又一群一群打着哈欠拖着疲倦的身子挤巴巴地站在郊区火车里往莫斯科赶。

雨季终于结束了他们的郊区之旅，于是他们成群结队地从别墅逃跑。到莫斯科去，到美术馆去，到水族馆去。再过五六天，他们将全军而返。

这帮家伙,没救了!

最后一个和弦

雨。怎么搞的,又下开了。
咱们还是上岸吧。
那里的浪花将会亲吻我们的脚。

别洛勃雷索夫的小本本[1]

——摘自札记

5 号

别忘了党证号码:50—897—013。还有表哥的证件。别忘到区里去。

……这一天真是……哥们儿,这一天可真是!一大早就接到电话通知,中午又接到电报。同志们,真不知啥时候人能做好梦!总算看到别洛勃雷索夫的价值,想起此人来了!我一边往他办公室走一边寻思:难道还是我这个人吗?他站起来抻抻漂亮裤子说:别洛勃雷索夫同志,不要辜负了我们,还有一千五百万非党群众的信任。我站在那儿眼泪噼里啪啦往下掉,什么也搞不明白,脑袋里就像有只小鸟在叽叽喳喳地叫……这都没啥……我记得这一天,啊,的确是这样,我记得,的确是这样……

当上了环球银行经理!!你明白吗?一个业务遍及全世

① 本文最初发表于 1924 年 3 月 26 日《前夜报》。

界的银行经理。啊，妈妈，死去的妈妈，不是家庭生活和传统习惯意义上的妈妈，这里是特指那位老太太，是她生下了别洛勃雷索夫，为共和国诞生了一个儿子。我自己都不明白我在说些个什么。要知道说不定就在此时此地当我喋喋不休的时候，马来群岛上正好有一封电报提到别洛勃雷索夫如何如何呢……哦，燃烧吧，闪光吧，我的明星！……

小本儿里夹着一张莫斯科邮局的回单：

发往何处：奥德萨

收件人：亚科夫·别洛勃雷索夫

字数：16

6号

门房……来到汽车门前……告诉你吧，只有我自己。我一个人……对不起，同志。我真不明白这么大的玻璃是在哪里造的：足有三俄丈高，宽……有两俄丈……四台电话机（68905这个号是忘不了啦），其中有一台号码盘是白的。有个人风度翩翩走过来：自我介绍一下——很荣幸，澳洲代理部主任。我自己也说不清为什么要问他那么一句……我还记得那天的日期……我说，咱们在马来群岛的业务开展得怎么样？当然对方作了回答，脸上还挂着微笑。全球性事务嘛！开朗的笑容和金光灿灿的牙齿。所有的人都衣冠楚楚！都是尖鼻子。我赶紧把一条腿收进来，因为裤子上带了个补丁，再说我的腿还有点瘸。可笑，是不是。我作为一个马克思主义者，才不在乎什么补丁不补丁呢。不过还是问了一句：你们的皮鞋是在哪儿买的？他没有直接回答，却拨打了68905号电话（这个号码我可绝对忘不了），又问了一句：经理同志，请告诉我您多少号？我不假思索就告诉他我住在苏维埃独身宿舍！集体住在一起。号码是785050转102。人家笑了。您的鞋号，问您穿几号鞋？谁知道几号？区合作社领的。人家对着电话一说：送个十来双过来，好挑一挑，光面的，翻毛的，后跟带牙子的，跟我买的那双一样的。我傻了，就问：对不起，这不大合适吧？他笑笑说：有什么不合适？您哪有时间满世界地去逛商店呢？暖气烧得热热烘烘的，可原来在轮作所上班靠窗户坐着的时候冻得连大衣都不敢脱。嗨！

……最主要的是……脚上跟套着两个棉花包似的……马克思可从来也没有说过脚上一定要套这些个乱七八糟的东西呀……

天哪！我兄弟亚沙带着兄弟媳妇七点十五分坐奥德萨快车来了。收到他亲兄弟一份电报就插上翅膀飞过来了。那个高兴！……七年没见面了。他要留在莫斯科。我很高兴。我兄弟干商业是把手。到底有个人可以商量商量了。可惜他不是党员。他说他拥护党，不过有的地方还不一致……他成熟了，眼睛活像两只小耗子在滴溜溜地转。蓬松的黑胡子像把扇子。老婆那个漂亮，一头金发，欢声笑语不绝！我家的八号楼挤得很，只有两个小房间，转身的地方都没有。可她那一身盛装！海狗皮大衣……钻石耳环。弄得我都不好意思。她在走廊里一趟趟出来进去，行走如风，还戴着耳环，可我们那儿住的大小都是头头……人人斜眼瞅她……她才不在乎呢，反正又不是党员……

小本里夹着的电报草稿：

奥德萨　法律顾问尤戈阔非

请将亚科夫·别洛勃雷索夫的期票展期七天。

环球银行经理 别洛勃雷索夫

……他哈哈大笑。他说你真是个怪人，那些人准会趴在地上磕头。他说这回我可要给那些狗娘养的一点儿颜色看看，谁叫他们卡我的脖子来着！原来有个美国人跟我同母异父，这一点我还不知道。

9号

上帝呀！真热闹！还有那位美国兄弟！光修理电话的就来过两趟，一趟是楼管所的，一趟是电话局的。电话都受不了啦！

笔记本里夹着的《消息报》剪报：

“急需住房，地点‘A’环以里，六至八个房间，外加卫生间。价格从优。一千金卢布一次付齐。介绍费一百。昼夜电话：785050转102。联系人亚克·别洛夫，自上午十点至半夜十二点。”

……他这是在干什么？还有人要送我几条猎犬来。我问他，一个马克思主义者干吗要猎犬？还有什么鸵鸟羽毛啊，马拉霍夫卡的别墅啊，裸体威尼斯女郎入浴图啊！傍晚我大发雷霆……我俩在楼梯上站着！大闹了一场！这不是坑害亲兄弟吗？又是那些人来的电话吧？嚯嚯！亚沙冷笑：你算哪棵葱哪头蒜？找的不是我“亚克”吗？找的不是我吗？咱们这儿好出头的人怎么跟蝗虫一样多？……

14号

上帝啊，这说话还有个听吗？他说他连个栖身之地都没有。难道这就叫没有栖身之地？绝无此事！住宅位于市中心，还带雪花石膏装饰的天花板……

15号

鬼才知道他是个什么人……我担心……他应该明白才是啊……不是兄弟吗？

本子里夹着一张纸。

这是半张打字的文件：关于给住宅建筑股份合作公司（股东卡普斯金、冈采尔、德里采尔和亚克·别洛勃雷索夫）贷款一万金卢布的决定……

……她一个吻接着一个吻，嘴里心肝宝贝叫个不停……还大吵大嚷地说什么亚沙不是个醋坛子……叫他背过身去！亚沙歪在沙发床上弹吉他。这乱乱纷纷的世界于他有何相干？是友是敌于他又有何关系？说到底他没错。他要是不休息，准会发疯。

……十一点左右来了汽车。亚沙说这样的汽车给毛头小伙子坐还差不多。他说罗尔-罗伊斯牌的才够体面。不过眼下么……

17 号

亚沙在前厅当着大庭广众对总会计师吼了起来。405060。法兰克福—汉堡。

记事簿里撕掉十五页。

……号

她不同意。非上教堂不可。只好偷着结婚。我的脑袋天旋地转！新娘穿了件白色礼服。新郎官穿的是黑裤子！香槟酒……上帝……她直到现在还在隔壁房里换衣服……一点半从正厅转入办公室。唱歌的是茨冈人。这位亚沙兄弟究竟搞的什么名堂，真是难以想象！他说他才不在乎呢。居然花五十块金币买了一面镜子！他说要是赶明儿他伊万诺沃-沃兹涅先斯克的事办得顺利，他就要跟杜尔斯餐厅的主任喝个一醉方休！！

隔壁有两把吉他在弹奏……现在她正在换衣服，那两条腿……亚沙在桌子上跳狐步舞……从妻子的身上把裙子的背带都褪了下来……太可怕了！两把吉他……两把吉他……

……她就在隔壁换衣服……

1号

600550。根据计算结果来看，如果亚沙不把伊万诺沃-沃兹涅先斯克的问题整明白，我真不知怎么办是好。6008801115，161514。两把吉他……

……整天迷迷糊糊，就像发高烧……两把吉他……亚沙说我应该把她打扮得像女皇才对。作为一个马克思主义者，我为这种话感到惭愧……他说应该送个戒指给她……于是我亲自到库兹涅茨基大街跑了一趟……买了一枚三克拉的……大家都斜眼瞅我。真不知会出什么事！

2号

亚沙这狗东西，到底把伊万诺沃-沃兹涅先斯克的事给办砸了。

4号

电话铃就像是从坟墓里发出的声音。那边问有什么风声。亚什卡遭遇了一次单刀直入的谈话……两把吉他……一宿也没合眼……

7号

请我参加……区里有重要报告——《新经济政策条件下的潮流与欲望》。可不是重要！自己的欲望还没管好呢……脑袋直发晕。

……上帝。尤戈阔非真讨厌，纠缠不休。我真想把这个临时负责的坏蛋就地枪毙！把他带来！！

9号

耶稣基督啊！亚什卡真是鼻涕——趴在脚底下——全招了。住宅建筑公司完蛋了！彻底完蛋了！……扬言说要自杀，又哭又号。乱得像开了锅！两把吉他……那个乱！

12号

赶紧换成金卢布。冈采尔-德里采尔失踪了。

13 号

是夜里被抓起来的。抓他的时候是过半夜两点半。

本子里撕掉了三页纸。

……号

啊，生活啊我的生活……今天当着预审员的面我忍不住对亚什卡说:你不是我兄弟,是个阴险的恶棍!亚什卡,你揍我吧,我说,揍我好了!……我在地板上爬,就连预审员都觉得奇怪,怎么会成了一条蛇……

……考虑到我的出身,可能会对我严加惩处……

……燃烧吧,我的命运之星!……我记得这一天……当初若是……唉……又是这个夜晚……又是那片月亮……哨兵的刺刀上闪着夜半的月光。[1]

---

① 此句为格林卡的浪漫曲《囚徒之歌》中的歌词。

布尔纳科夫的侄儿

他出现在这个家里之前就有过一个传说，由两部分组成：

第一部分：布尔纳科夫叔叔出任要职。

第二部分：瓦西卡——布尔纳科夫侄儿的兄弟——进了监狱。

接下来是一个相当长的“幕间休息”时期，布尔纳科夫侄儿的可怕形象烟消云散了，于是人们心中飘飘然滋生出一种希望：也许，这只不过是……无所谓的事……开开玩笑？……说不定运气一转……布尔纳科夫的侄儿就……就来不了啦？

第一个可怕的预兆

库尔茨曼，我们家再往里走两个门——七号房里的那位，在特维尔大街和亚玛大街拐角找到了两室一厨，进户费付了……

“多少？”

“十个金卢布。”

“十个？才……十……个？”

您的眼珠子发绿了。

“怎么没听您说过？……上帝啊！老天爷啊！”

“不知道您要房子……”

“天哪，瞧您说的！……瞧您说的！您见过这么一个在特维尔大街到亚玛大街上摆着两室一厨不要的人吗？哪儿有？说不定还带澡间呢！”

“澡间也有……”

“啊……是这样……”

“您干吗这么不高兴？”

“别烦我了！离我远点！”

第二个可怕的预兆

有人看见布尔纳科夫叔叔走进房管会主任的家。

不祥的对话

地点：楼梯。人物：您；“某身任要职的房客”（原房产管理员）。

您：不……可能。

房客:跟您说的没错,会让人搬进去的。是库尔茨曼那间。(稍停,叹气)这回您可得沉住气。真他妈的一帮坏蛋,一帮坏蛋……

您:(垂头丧气)难道真就没法子了吗?

房客:那您有什么办法?他叔叔是……(耳语)

您:不过为什么要搬到咱们这儿来呢?

房客:看起来这就是咱们的命……

事件开始

他出现了。大家也见到了他。传说:他到过房管会,还参加了谈话。

谈话速记

布尔纳科夫之侄:什么,库尔茨曼已经起出去了吗?

房管会主任:(谄媚地)他后天就搬。(递烟)

侄:让他快搬,不然我就把他开出去。

速记到此中断,但从后来得知的片言只语及口碑传说难免产生一种可怕的怀疑:布尔纳科夫之侄也许是一个反犹主义者。

终 成 事 实

他进户了。他的第一件大功已经告成。就是这个人,居然连门都不敲一下就闯进了服装师安纽塔的房间去要香烟,偏巧这工夫安纽塔浑身一丝不挂。

“好一副赤条条来去无牵挂的模样儿。”

安纽塔忙把床上的毯子抓起来披在身上,立刻成了一件古罗马披风。她问:“您这是怎么回事?怎么可以这样?”

他却笑嘻嘻地回答:

“有什么关系?咱们都是资产阶级知识分子,都在一套房子里住着嘛。”

晚上七位妇女在厨房开了个联席会议。决议的内容:布尔纳科夫之侄是个坏蛋,如果二房东管不了,那就直接向基尔皮切夫告状。

做了一个梦:布尔纳科夫之侄的影子在走廊滑过,面带卑鄙无耻的笑容,仿佛在说:

“这些傻瓜娘儿们!干吗这么大惊小怪的?”

终成事实续篇

1. 夜晚,为了欢庆乔迁之喜,几个人在布尔纳科夫的房间玩纸牌,而且布尔纳科夫之侄赢了赫留金四个金卢布。赫留金大哭之余持刀追逐布尔纳科夫之侄。

2. 布尔纳科夫本人亲临其侄住处做客，还把老婆揍了一顿。

3. 侄儿开跳舞晚会，楼下天棚塌了一大片。楼下上来找,布尔纳科夫之侄还威胁说他要向国家安全局报告。

4. 阿克茜妮亚莫名其妙地丢了个汽油炉子。布尔纳科夫之侄在走廊公然警告，若有人把他的名字或者他兄弟沃洛奇卡的名字和汽油炉子联系在一起，他一定要把此人从地球上消灭。

银幕上出现了侄儿的面孔

眼睛非同一般:惊惧交集,厚颜无耻。脑袋像刺猬,黑头发像鞋刷。苍白的面孔不像个人形。二十二岁。四个兜的军上衣裂着怀,领子破了。

事实续篇之二

5. 阿克茜妮亚的汽油炉子在杂物间里找到了，已经弄坏了。真怪！怎么会跑到那儿去的?

6. 噩梦！噩梦！据说,这位侄儿把居民委书记溜好了,想要打进核心。二房东急得直拽头发,在房里喊:“我们完蛋了。”

7. 侄儿向安纽塔求婚了。遭到拒绝之后哼着歌从她房里出来说:“好吧,走着瞧,咱们可得查查您迁入的证件合不合格。咱这居民组可不能要这种人。”

8. 二房东求这位侄儿半夜两点以后别在家里再拉手风琴。

回　答

“别跟我来这一套。咱可买不起钢琴。我早就想把你这二房东资格取消。”

恐惧到了极点

哎呀呀！听人说沃洛奇卡——那位侄儿的兄弟——出狱了。二房东挨门挨户收钱买锁,要把大门锁上,还说:“这回你们就加小心吧。”

布尔纳科夫的侄儿宣布:沃洛奇卡要在他房里住。全完了。

天 网 恢 恢

先是传闻,接着就成了无可置疑的事实:

1. 布尔纳科夫叔叔被清洗。

2. 叔叔从负责岗位上被撤下来了。

然后又传来更为可怕的消息：

1. 叔叔被移送法庭审判。

2. 叔叔的地位一落千丈。

侄儿成了可怜虫

二房东见到布尔纳科夫的侄儿，对他说：

“你是个不要脸的家伙。这幢楼里就数你最坏。”

布尔纳科夫的侄儿一声没吭。

结　局

布尔纳科夫的侄儿从楼里搬了出去，因为人人都不给他好脸，把他从居民组撵了出去。

后　语

这篇怪里怪气的短文到此告一段落，但我想说的话却并没有说完。

一般来说，读书界大多不求甚解，不爱多想问题。他们觉得小品里的人物都是在……扯淡……没意思，没意思。布尔纳科夫的侄儿是一种根深蒂固的典型，就同果戈理笔下那些不朽的典型一样。想想吧，像布尔纳科夫的侄儿这样的人物在莫斯科绝不少于万儿八千。

这还是最保守的统计。

捣卖外币的人已被强迁出莫斯科了。当然眼下还不可能遣送干净。才三千人左右。

要是随后能把这些侄儿再遣送出去，那就简直无与伦比了。上帝保佑。

20 年代的莫斯科①

前　言

我并非置身于美妙的远方来研究 1921 至 1924 年的莫斯科。哦，不，我住的地方就在这里，我踏遍了莫斯科的每一寸土地。我爬过几乎所有设有机关团体的六层楼建筑。正因为所有的六层楼建筑里头都有机关团体，所以我也就绝对熟悉这些建筑。就比如说我乘马车到兹拉托乌斯宾斯基小街尤里·尼古拉耶维奇那里做客时就会回忆说：

“嚯，这楼真大！这里我来过嘛。来过，真的来过！甚至还能记得起准确的时间。1922 年 1 月。是因为什么鬼事来着？想起来了。那阵子我刚进了一家私人的工贸报，想请主编预付几个工资。工资主编没结，却说了一句：‘你到兹拉托乌斯宾斯基小街的六楼跑一趟，房间号是……’对了，可能

① 本文最初发表于 1924 年 5 月 27 日及 6 月 12 日的《前夜报》。

是242？也许是180？ ……记不清了。不过不要紧。一句话：‘你到化工总局(还是总公司，我就记不得了。不过没关系。)去一趟，把通知给我取来。拿到通知，我就给你百分之二十五的预付工资。如果今天有人对我说：‘到化工总局去跑一趟，把通知取来。’我准会说：‘我不去。’我可不想去取什么通知。我不喜欢这活儿。这不是我的专业。可那时候……噢，那时候情况可不同。我服服帖帖地戴上帽子，像个傻瓜似的抓起取通知的登记本就走，活像个夜游症患者。那年的天气奇冷，我从来没见过那么冷的天气。我爬上六楼，找到了200号房间，里头有个秃脑袋的红胡子，他听我一说，也没把通知给我。”

说到六楼，你等等，我好像觉得这楼里是安了电梯的。是的是的。可那时，在1922年，有资格坐电梯的都是些有心脏病的人。这是第一。这第二呢，是电梯根本不好使。所以无论是有心脏病诊断还是没有心脏病的人就都只能是爬楼梯上六层楼了。

现在不同了。哦，现在的情况可完全不同了。就在几天之前，我到长老湖去拜访过我的朋友。我高高兴兴爬上五楼，爬到海拔100英尺的地方，在四五层交界的地方用网格拦起的楼梯空里，我看到一架吊在空中一动不动的电梯，里头灯火通明，传来一阵阵妇女的哭声。一个男人愤怒地低喝道：

“这些坏蛋，真该把他们枪毙！”

楼梯上站着一个看门人模样的男人；身旁那位穿了一条油滋滋的裤子，看来是个机修工；再就是16号门里的几个好看热闹的娘儿们。

“真是活受罪。”机修工傻乎乎地笑着说。

夜晚我告辞主人出来时，电梯仍在原处，但灯光已经熄灭，也听不到里头有什么动静。没准这两个倒霉家伙两个礼拜前就被关在了里头，已经活活给饿死了。

如今这家化工总局或者总公司是否存在，这要问问老天爷！也许那里又成立了一个化工托拉斯或者什么别的单位，还兴许这个公司，还有那个红毛秃头早就没了，房间也租出去了，原来摆桌子放墨水的地方如今已摆上了一架钢琴或者是一张柔软的沙发，在原来搞化工的位子上正坐着一位头发用氢氧还原剂染过的迷人的小姐，手里捧着一本《人猿泰山》读得津津有味。一切都是可能的。不过有一点说来倒是很好：那地方我是再也不去了，既不用爬楼，也不用坐电梯了。

是呀，眼看着好多东西都起了变化。

还有哪里我不曾去过呢！米亚斯尼茨卡亚大街去过几百回了，在瓦尔瓦尔卡我总跑商会大院，老城广场一带我常去总工会，我还常乘车到索科尔尼克，有时也跑到圣处女广场。一个愿望迫使我在这大得没边且有些怪诞的首都跑来跑去——给自己找口饭吃。这口饭虽说是找到了，可实在可怜，还有点靠不住。那都是在最荒诞不经，有如痨病一样难以久长的岗位上找到的。其方式也非常奇特，非常可怜。如今在我的日子过得稍好的时候，其中有些办法看来简直可笑。我给报纸写过工贸述评，晚间则写些在我自己看来并不比牙疼更可笑的快乐的小品文，给亚麻托拉斯写过申请书，有一次夜间因为不沾荤腥，总吃土豆，脚上穿的又是一双开了口的皮鞋，弄得我在疯狂发作之际居然搞出了一篇辉煌夺目的霓虹灯商业广告方案。为什么说这是一个辉煌夺目的方案呢？那是因为当我把此方案拿去给我一个当工程师的朋友审阅的时候，他对我又是拥抱，又是亲吻，埋怨我干吗不去搞工程技术；原来我闭门造车的结果，竟搞出了一个同大剧院广场的灯光广告完全相同的设计。这证明了什么？这证明一个为生存而奋斗的人有能力让自己的行动焕发异彩。

好了。读者当然不会对我怎样在莫斯科到处跑来跑去的事感兴趣。我唠唠叨叨说这些的唯一目的就在于要让读者相信我对 20 年代的莫斯科了如指掌。她的每一寸土地都印上了我的足迹。我打算把她描写一番。不过在描写她的时候，我希望人们能够相信我。如果我说这不是那么回子事，那就肯定不是那么回子事！

有朝一日莫斯科如果有些外国名人采访，我随时都可以充当一名导游。

一、住宅问题

……唉,住宅!!

《塞维尔的理发师》第2幕

我们应该有一个永不变更的前提:住宅是人类生活的基础。再说一句老生常谈的话:没有住宅人就不能生存。还要加一句:我要对所有居住在柏林、巴黎、伦敦和别处的人说,莫斯科没有住宅。

那里的人们怎么生活呢?

就这么生活呗。

没有住宅。

但这还不够。近三年来莫斯科人已经使我确信,而且一点儿也不含糊:在他们身上"住宅"二字的本义已经丧失。他们把随便什么东西都可以叫作住宅。例如前不久我认识的一个记者当我的面收到一张条子:"请将7号楼(那里是印刷厂)的住宅交某某同志。"下面是签名和一个清清楚楚的大圆戳。

某某同志于是收到了这套住宅。晚上我还到某某同志家里去坐了那么一坐。楼梯没有栏杆,上头洒满了菜汤。楼梯上横挂着一条蛇一般粗细的断电缆。到了楼上,踩过一层碎玻璃，走过一排半数以上钉了木板的窗户，我就来到了一个黑乎乎的像是死胡同一样的地方。我开始大喊大叫。听声之后，出现了一缕微光，于是我又到了一个地方，找见了我的朋友。这是什么地方？鬼才知道。黑乎乎的，跟在矿井里也差不多。胶合板把它分成了五部分，活像五只帽盒子。我朋友坐在中间那只方盒的床上。旁边是他的妻子，再旁边是他的兄弟。这位兄弟端坐在床上，正伸手用炭条给他嫂子往墙上画肖像素描。妻子手里捧着本《人猿泰山》。

这三人就好像住在电话听筒里。你们那些居住在柏林的人请想想，如果你们的住宅是一个电话听筒，那又该有什么感觉？一点点说话的动静，哪怕一根火柴杆掉到地上，在这些盒子里都听得一清二楚。他们的房间是正当中的那间。

“找我吗？”（最那头的一间问。）

“怎么回事？”（另外一头的问。）

“你有糖吗？”（是边上的那家。）

“柏林的卢斯特加腾区有成千上万工人手举红旗示威游行……”（右侧隔壁那家。）

“有糖果……”（另外一头的说。）

“蠢猪！”（左侧隔壁说。）

“七点半一块儿走！”

“你给他擦擦鼻子好不好……”

十分钟后噩梦开始：我简直分不清什么是我说的，什么是别人说的，满耳朵全灌满了别人的话。

“哪阵风把您吹来的？哦—哦—哦！……苏维埃代表团在苏联养老院的陪同下拜谒了卡尔·马克思墓……怎么?!有什么怎么的?谢谢，我喝过了……有糖果吗?!……见它们的鬼去吧！……蠢猪蠢猪蠢猪！把他轰出去！您在哪儿?……到东京和大阪……别撒谎，别撒谎，畜生，我早就看见了！……怎么会没厕所呢？”

我的天哪！我立刻拔腿就走，但他们无处可去。我只在这火柴盒子里待了十五分钟，可他们却已经在这里头住了七个月。

噢，亲爱的公民们，当我回到家里的时候，我头一回觉得人世间一切都是相对的，世界上一切都是那么不确定。我觉得我简直像是住进了宫殿，每一扇门旁都好像站着一个头上扑粉身穿红制服的侍仆，周围是一片墓地般的寂静。寂静真是一种好东西，它是神的恩赐，它是天堂。其实论门我只有一扇，论房我也只有一间。而且那扇门是直通走廊的，斜对门还住着一位有名的瓦西里·伊万诺维奇和他那大名鼎鼎的妻子。

我要对大家起誓，每次当我拿起笔来写莫斯科的时候，瓦西里·伊万诺维奇这一该死的形象总会在我眼前的一个角落里出现。他遮住了我的阳光，就像一场上身穿西装下身穿条纹内裤的噩梦！我用额头抵住石墙，瓦西里·伊万诺维奇就像块棺材盖似的悬在我头顶上。

实话对你们说，此人在任何一套住宅里都会把生活搅得一团糟，事实也的确如此。他的一举一动无不是在同身边的人作对，共和国的法典没有一条没被他破坏过。破口大骂下流话不好不是？可他就偏偏要骂。酗酒不好不是？可他偏偏要拼命灌。耍流氓允许吗？不允许。可他偏偏要耍。如此等等，不一而足。真遗憾，法典里就没有一条是禁止在住宅里拉手风琴的。我这里要对苏维埃法学家们说一句：求求你们给添上这一条吧！这家伙就拉过。我说他拉过是因为现在他不拉了。莫不成是良心发现才罢手的？哦，不，柏林的怪人们，他是把手风琴换酒喝了。

总之，他是个人类社会中不可思议的人物，我绝不能原谅他，尽管考虑到他的出身。而且话应该反过来说：正是由于他的出身我才不能原谅他。我这样寻思：是他应该给我做榜样，而无论如何不应是我这个出身不好的人给他在行为举止方面做榜样才是。我倒要看看谁能证明我说得不对。

我在一个屋檐下跟这位瓦西里·伊万诺维奇一住就是两年多，还要住多久我也搞不清楚。也许要住一辈子。不过这次到火柴盒子里做客之后，我心反倒轻松了不少。公民们，人可用不着想得太高！

是的，我心轻松不少。我变得更有耐心，对人也更有同情心了。

我的医生朋友G君上周狂呼大叫地跑来找我：

“我怎么就没结婚呢?！”

这位公认的莫斯科头号独身主义者嘴里居然吐出这种话来，怎能不显得惊世骇俗呢。

原来房管所把他的住房给“压缩”了，里头起了一道隔墙。墙那边搬进一对夫妇。医生奔走呼号，但却毫无结果。房管所主任只强调一点：

“您要是结了婚，那就又当别论了……”

过了两天医生又来找我说：

“上帝保佑，亏得我没结婚……你跟老婆吵架吗？”

“唔……有时候也……”我眼瞟着妻彬彬有礼但闪烁其词地回答。“一般来说……偶尔……是这么回事……”

“那经常是谁的错？”妻紧盯着问了一句。

“我，我的错。”我忙不迭地承认。

“可怕，可怕，可怕，”医生一边喝茶一边说，“真是做噩梦。想想吧，每天晚上听的都是一个调调：‘上哪去啦？’‘尼古拉耶夫车站。’‘撒谎！’‘老天爷在上……’‘撒谎！’不过一分钟又是：‘上哪去啦？’‘尼古拉耶夫……’‘撒谎！’再过半个小时：‘你哪去啦？’‘看安尼亚去了。’‘撒谎！！’”

“可怜的女人，”妻说。

"噢,不,可怜的应该是我,"医生说,"我要搬到奥列霍沃–祖耶沃去。让她见鬼去吧!"

"谁见鬼?"妻觉得大有可疑之处。

"那个……诊所呗。"

他搬到奥列霍沃–祖耶沃去了,另一位熟识的女士 L.E.却搬到意大利去了。可怜她连个板壁隔出来的小空间都捞不到。那可是个完美的女人哪,莫斯科应该引以为骄傲的,但她却跑到什么倒霉的罗马去了。瓦西里·伊万诺维奇反倒留了下来,而她却走了!今年冬天纳塔利亚·叶果罗夫娜把擦洗用的纤维团扔到地板上再也扯不下来了,因为桌上是9摄氏度,地面却没度数——1摄氏度都不够,才零下1摄氏度。整个一冬套着毡靴弹肖邦的圆舞曲。彼得·谢尔盖耶维奇雇了个保姆来家,过了一个礼拜把她给辞了,可没成想这保姆赖着不走了!房管所主任跑来说她(指保姆)是居民委的成员,享有一定的居住面积,谁也没有权力动她。如今彼得·谢尔盖耶维奇全傻了,跑遍了莫斯科到处找到处问,他究竟该怎么办。可又能有什么办法?小保姆箱子里收着一张红军勇士的相片,是攻打佩列科普的英雄,还收着一张居民委的证明卡。彼得·谢尔盖耶维奇没救了!

还有那么一个年轻人,给他往"住宅"里派进了一位孤老太太。一个星期天当老太太做礼拜回来的时候,年轻人对她说:

“你这个信教的老太婆,烦死人了!”

说着拿弹簧秤照老太婆脑袋就是一下子。像这样的事情或是类似的事情就我所知近来已是四起之多了。责备这位年轻人吗?我不。我绝不。因为我心里一清二楚:若是有人把个老太婆或是第二个瓦西里·伊万诺维奇也塞到我房间里来,我没准也得操起弹簧秤来,别看从小家里就告诉我弹簧秤绝不是干这个的。

萨沙则愿意拿出二十个金卢布来,只求把安菲莎从他的房里赶出去……

好,暂时就说到这里吧。

这种奇特的、令人不快的生活是由何而起呢?原因很简单——缺住房。事实是莫斯科缺住房。

有什么办法?!

办法只有一个:实施我的方案。让我先写完一节《论美好生活》,然后再来谈这个方案吧。

二、论美好生活

尤里·尼古拉耶维奇跷起二郎腿,嘴里品尝着点心问:

“我总是搞不明白,您这么一个宽宏大量的人,为什么一提起住房就要发那么大火?”

我也朝嘴里塞了一块点心(喝茶的好东西,可下午五点钟下了班人需要的根本不是喝茶吃点心，而是来一大盆肉汤。反正咱们这些莫斯科公民就别提什么下班后五点钟不五点钟了！)说：

“在这个问题上我之所以容易发火，是因为体会太深了。高水平的专家。”

“要不要再来一杯茶？”女主人怯生生地问我。

“谢谢,不想再要了。喝饱了。”我叹了一口气,感到一种奇怪的哀伤。点心的碎片在我肚里茶水的海洋上漂浮,激起了一种忧愁。我燃起一支香烟接着说：

“你住着两室一套的漂亮住宅,当然好说话啦。”

尤里·尼古拉耶维奇当即发出一阵神经质的笑声,把一粒葡萄干咽进肚里,伸手去掏摸口袋。一只是空的,另外一只又是空的,第三只还是空的。于是他赶紧跑到桌旁,一头扎进抽屉里,把几堆东西翻了半天,却什么也没找到。

可是却找到一张前天星期一出版的《前夜报》,拿过来瞅瞅说：

“不知搞到哪里去了。算了。”

说着朝地板上一跪,抓住角落里扶手椅的腿。那只长毛狗见场面这么热闹,高兴得又蹿又跳,直抓他的裤子。

“去去去!”尤里·尼古拉耶维奇喝了一声,脸都涨红了。椅子挪到了一边，墙上露出了一个大大的不规则的窟窿，直径足有一俄尺。窟窿里以蓝天为背景显示出邻近教堂的穹顶。

“这是怎么回事？”

“修房子之前没有这个窟窿，”这位幸运的两室加窟窿的拥有者作了说明，“这不，修完房子以后却出了个窟窿。”

“可以堵上嘛。”

“对不起，我可不想堵。让那个给我发通知的人自己来堵吧。”他又拍拍口袋，但还是没找到那张通知。“通知里说要我从这套房子里搬出去。”

“往哪儿搬？”

“通知说这不关他们的事。”

说实在的，我的心里痛快了不少。原来遇见这种事的不仅仅是我一个。

话又说回来了，平白无故的怎么叫“搬出去”呢？！房子总不会空在那里吧？尤里从房子里搬出去了，就会有个西多尔来填他的窝儿吧？如果尤里住进了板棚，那么他难道不会想方设法地要搬回房子里去住？再说房子里已经住着个费多谢伊，那他又该怎么办呢？不是也会接到一张搬家通知吧？费多谢伊顶伊万的窝儿，伊万顶费拉朋特的窝儿，费拉朋特顶潘克拉季的窝儿……

对不起，公民们，这不乱套了吗？……

基督诞生第……年（邻室传来共青团员的声音：“基督

不存在！！”）。管他存在不存在呢，总之，就是 1921 年吧，我来到了莫斯科。接下来的两年里，也就是 1922 年和 1923 年，公民们哪，我可是深受妒忌心煎熬之苦。公民们，我可是一个优秀人物，我说话不喜欢矫揉造作，惺惺作态。来了不过三天就拿到了劳动手册，总共排三次队每次六小时。我可不像有些懒虫笨蛋要等六个月。前后干过五份工作。反正什么沟什么坎都难不住我。唯独这小小的房子把我给难住了。不用说三间两间，就连一间也没捞着。自打跟出了名的瓦西里·伊万诺维奇轧上邻居之后，再就挪不动窝儿了。

（尤里·尼古拉耶维奇幕后喊：“你那房间可是一等一的呀！”）

希腊悲剧里的合唱班。没房子住的人：

“太令人气愤了！！”

好了，不要再争论了。事实上境况更好的有的是。

总之我是再也挪不动窝儿了。在这段时间里，在月光普照的世界上发生了不少事件。其中之一使我由衷高兴，这就是那帮自称房管中心的人，也就是在 1922 至 1923 年派证分房的那帮家伙，终于坐到了被告席上。判了多少年我已记不清了，遗憾的是没给他们再加上一倍。事后这个“中心”好像是解散了，这才在《消息报》上出现了广告：“寻房……寻房……寻房……”不过我还是一直没动地方。

我住在老地方，心里妒忌得要命。因为我看到了极不公平的住宅福利分配。

就比如说吧，喏，济娜的住房条件就很不错。不知用什么办法在莫斯科市中心搞到了一套不小的住宅，三个房间，装修一新。有卫生间，有电话，还有丈夫。马纽什卡在煤气炉子上煎肉饼，这个马纽什卡也有个单独的房间。我拿了把刀比着济娜的脖子要求她说明，她怎么就能把这三间房子完完整整地保留下来。

这实在太不可思议了!!

四个房间，三口人。一个外人也没往里插。

济娜说有一回来了一辆大卡车，车上的人送来一个通知要她“倒房子”。

她却……居然没有倒。

啊呀呀，济娜济娜，要不是你已经嫁了人，我一准娶你做老婆。上帝作证，我一定要和你，还有你的电话、煤气炉子结婚，任何力量也休想把我从那套住宅里赶出来。

济娜，你不是女人，你简直是一头雄鹰!

搬家大汽车横行的时代完蛋了。世界上的一切都完蛋了。亲爱的济娜，你就放心地住下去吧。

尼古拉·伊万诺维奇赢就赢在两个侄女身上。给乡下写了封信，两个侄女就来了。其中之一绞尽脑汁证明了无产阶级出身之后钻进了一所什么大学。另外一个则进了一家创作室。在这么艰难的日子里，尼古拉·伊万诺维奇居然把两个侄女弄来养活着，你说他聪明吗？

岂止聪明，简直是英明。

尼古拉·伊万诺维奇保住了六个房间。好几个拎着皮包和没拎皮包的人来了，又一无所获地走了。房子里住满了侄女。每个房间里都放了床，客厅里放了两张。

最近亚沙成了知名人物。亚沙一个侄女也没招，但却有办法一人独占五间大屋子。他在门上贴了一张发霉变黄的（好像是1918年发的）征用证明，据此可以表明持证人亚沙有一家创作室在这里。

亚沙，你真是天才！

还有帕沙……

够了！

我逐渐开始把这些现象加以分类。我的分类再简单不过。

过好日子的分两类：

1.过去的日子不错，现在也照样不错，像济娜、尼古拉·伊万诺维奇、亚沙、帕沙等等；

2.过去什么也没有，如今来到这儿就把好日子闹到手了。

例如：巴库来了个纳尔济斯·约安诺维奇，立刻成了某托拉斯董事长，在国有大楼里分到了两个房间（外加煤气灶等等）。随后草花王后一心要给他制造麻烦，接下来国有大楼里不愉快的事不断出现，再接下来是远走高飞，最后是一纸判决书递到手上（先是十年，后来减去两年，余下的是整整八年）。于是纳尔济斯换成了索基兹，索基兹又换成了阿勃拉姆，阿勃拉姆则换成了费多尔……

够了……

方　案

也同样是不可思议！太空之中有许多方案，其中有提供有关文件说明还有两个居民于某月某日即将迁入的方案，也有把费多尔挤跑把瓦连京搬到别处再把瓦西里弄进来的诸种谋略。

不过这些方案都不行。

可行的只有我的方案。

莫斯科应该扩建。

如果哪天莫斯科住宅的窗户上贴出了白色的招租帖儿，一切才有可能回归正常。

生活将不再像杂物间里乱堆乱放的东西那样——有的人家，要挤在门道的箱子盖上过夜，另一些人家却要同那些素不相识的侄女共享六间大屋子。

梦寐所求

莫斯科啊,我看见了你布满摩天大楼!

1924 年 5 月写于莫斯科

三次受苦记

一、为了三十戈比经受梅毒的折磨

在各种机构重重包围之中有一间窄小的房子，外头挂块牌牌："理发馆"。屋里也有牌牌："理发员待遇丰足，不收小费"，"收小费者不配做工会会员"。

这家待遇丰足的理发馆备有一面粘满了苍蝇屎的镜子，几只装有棉花团的罐罐，一只喷雾器。一颗半人不人半鬼不鬼的秃头，一张胡子拉碴儿的面孔，一个嘶声哑气的喉咙，明白无误地标志着梅毒正处于进展期。

这位半人半鬼的幻影开了口：

"您这是想刮胡子？"

"是的。"

"请坐到椅子上去。"

缎子窗帘后面传来了剃刀在刀布上摩擦的沙沙声，还有一种酷似悄悄往刀布上吐唾沫的声音。

“但愿我鸿运高照，他得的不是梅毒。也许只不过是感冒。”

“剃刀……有点刮不动……”

“干吗要让它刮不动呢？”

沙拉……沙拉……沙拉……

“哎呀,你真割我的耳朵呀？”

“您那儿有个小疙瘩,碰着它了。”

“有碘酒吗？”

“碘酒没有。我给您烧块石头烙一下吧。脖子要刮吗？”

“不用了。”

“来点香水？”

“不用了。”

“上点粉？”

“不用了。”

“头发还用吹一吹吗？”

“不用了,啥也不整了。多少钱？”

“三十戈比。”

“再见。”

也没听他回答。

一连二十天里这位刮脸的顾客一早一晚天天对着镜子摸着腮帮子看来看去。火急火燎地等着发现梅毒的症兆。遇到熟识的医生就走上前去说：

“您忙什么呢?天气挺好不是?我说,我在咱们公家的理发馆里刮过一回脸……嘿嘿……请原谅，我怕……这会不会是梅毒？”

“嗯……是个小疤瘌。”

“麦而西,对不起……您瞧,我真有点神经兮兮的了。”

“只不过这家伙把您的脸全都拉坏了。”

“嘿嘿……真是个可怕的坏蛋。”

直到第二十一天上,这位顾客才把心放到了肚子里,开始长肉了。

二、为了一卢布经受香水的酷刑

四面镜子、八盏电灯。粉扑、喷雾器、绿色的香水。两只痰盂。门口是一位穿白服的孕妇,手里捏着一把衣服刷子。《星火》杂志的绿色封面上是苏维埃主席加米涅夫的照片。有时加米涅夫也会换成布琼尼或是在造币厂制造五戈比硬币的工人。

“呃……要等多大会儿？……”

“欢迎欢迎……最多五分钟……怎么给您理？”

“刮刮脸吧。”

“热尼亚,把家伙事儿拿来。您不离开莫斯科吧？”

“嗯嗯……不啊。”

“怎么好长时间没见着您？我们还以为您到别墅去了呢。”

“没有。哪来的别墅。没钱哪。”

“嘻嘻，彼此彼此。自己刮的脸吗？”

“哪儿是啊。给我刮脸的那家伙才次呢……”

“嘻嘻，我说嘛……来点香水？”

“好吧……”

噗哧……噗哧……噗哧……

“嚯，您的香水好蜇人！”

“喷进眼睛里了。可别进了眼睛！脸上全都要扑粉吗？”

“给多少钱？”

“八十五戈比……热尼亚，刷刷外套。”

唰……唰……唰……

“给她十戈比还是十五戈比？哦，见鬼，再加十五戈比正好是一卢布。”

“再见！”

（齐声）“再见！”

三、花三卢布五十戈比尝尝豪华享受的折磨

十面镜子。大理石的镜台上陈列着一个个磨花玻璃的香水瓶。暗红色转椅。镜中反射出来的灯光不计其数。看门的身佩胸绦，一副毕恭毕敬的样子。

“请把您的帽子……”

少不了要挨宰。不给个二十戈比这家伙怕是打发不了……

刮脸——三十戈比。

理发——三十戈比。

还算受得了……卑鄙的家伙，准得让我洗头……那我就说这就要上澡堂子。

用不用现在就走？还来得及。两个卢布光景也就够了吧？……

“该哪位的了？您的？请。洗头是用洗发精还是香波？”

见鬼，果不其然！

“我……要上澡堂……呃……就用……香波吧……”

“徒弟！过来把头给洗了！”

电吹风里喷出一股热浪。白罩单一围，镜子里出现了一个贝都因人。这一来价目表看不到了……

“您的皮肤很细腻……应该热敷一下。来个热敷！打点发蜡不？”

老天爷，打发蜡得多少钱？

一把小刷子在眉毛上移动。

“您看怎么样？”

“多少钱？”

“三个卢布。”

“嗯嗯……”

“请到收银台交款。三个卢布啦。”

一个白色的幻影一步不让地横在通向收银台的道路上。幻影想干什么？又给了幻影半个卢布。它真不配当工会会员！看眼神你就能明白。还有这位，你也得付给二十戈比。该死的胸绦！有过一张五卢布的票子，如今只剩下一卢布三十戈比。赶快滚出去！永远滚出去！

选择度假地[1]

赞颂你，伟大的勇士埃依佩特里，
松林妆成你王者般庄严的外衣！
退役的陆军上尉普罗辛
今天登上了你强壮的背脊！

——引自某短篇小说

不是前言而是神经衰弱

总觉得街道过于暴土扬尘。电车也简直没法坐——怎么这么少？整天渴得要命，就想喝口啤酒。可真要把它拿到嘴边，上腭又像是扎上了一根鱼刺，这才明白啤酒也是不受欢迎的东西。热乎乎的，搞得脑袋里雾罩罩、晕乎乎的。也不想吃什么煮豌豆，倒想上莫斯科郊外的波克罗夫斯阔耶-斯

① 本篇及下篇《克里米亚游记》均发表于 1925 年 7 至 8 月的列宁格勒《红报》。

特列什涅沃去逛逛。

耶稣蒙难广场上，一群厚颜无耻的家伙手拿马尾巴似的花束以狼嚎般的声音在叫卖。

办公室里的人们总爱吹毛求疵，秘书是个马屁精，夹鼻眼镜上的玻璃裂了一道缝，那个德性实在教人难以忍受。连续两年面对秘书大人这副尊容而不得解脱，真是没法活！

同事们都是些心里自有老主腰子的小人，明摆着的小市民，别看他们胸前都别着个领袖像章。

房管所开始玩铺沥青的游戏了，不光把全院儿都折腾得够呛，还逼着大伙儿往外掏钱。全体大会说什么也不想参加，“水族馆”里又有那么一个穿透明裤衩的妖精在走钢丝，风风火火的，看了教人神经受不了。

总之，在莫斯科是坐不住卧不宁了，意味着再也待不下去了。不管这人是干什么的——会计也好，记者也罢，工人也罢——应该到克里米亚转转去啰。

到克里米亚的什么地方去呢？

柯克杰别尔之谜

“当然是到柯克杰别尔，”我的朋友不假思索地回答。“那地方空气新鲜，阳光充足，还有高山、大海、沙滩、岩石。漂亮极了，没比！”

当天夜里我梦到了柯克杰别尔，我那普列奇斯坚卡街上的顶楼房间在梦里头变得窒闷不堪，爬满了又肥又大像翡翠般闪光的绿豆蝇。

“我要到柯克杰别尔去了。”我对第二个朋友说。

“我算知道,你是个没有远见的人。”他点着了我的香烟说。

“解释一下。”

“没啥好解释的。风准会要了你的命。”

“什么风？”

“整个七八月份都刮个没完,直往屋子里灌。”

我告别了他。

“我想到柯克杰别尔去。”我迟迟疑疑地对第三位朋友说，立刻又加上一句:“不过你可别冤我损我,我可不许你那样。”

他莫名其妙地瞅了我一眼,这样回答：

“真幸运！海水、空气、阳光。”

“我知道。不过风刮得吓人。”

“谁说的？”

“卡托什辛。”

“他纯粹是个傻瓜！蹲在莫斯科,比马拉霍夫卡再远点的地方都没去过。哪有什么风呀！”

“那太好了。”

一位女士告诉我：

“风是有,不过只是在八月份。七月份美极了。”

紧接着又有一位男士告诉我：

“六月里刮风，这是对的。不过七、八月份简直是天堂。”

“让你们这些家伙全见鬼去吧！”

“谁的话你也别听，”妻对我说。“你太累了，你需要休息……”

我跑到铁匠桥，花了一卢布五十戈比买了本蓝阴阴封面的小册子，上头印了四个金字：“克里米亚”。

我是一个公认的城市生活中的怪人，一个怀疑主义者，神经质，满心不愿意看这种书。“既然是导游之类的东西，肯定是光说好听的。”

回到家中趴到桌上，在毫无生气的灯光下打开了这本小册子，翻到第370页（《克里米亚旅行指南》，莫斯科内科医生协会主席团某委员主编，土地与工厂出版社出版），上面关于柯克杰别尔的原文是这样说的：

> 缺少绿色植被的原因在于克里米亚的“西罗科”，常起于七月末及八月，一刮几个星期，使河谷地带草木干枯，空气中充满粉尘，使神经疾病患者万分痛苦……连续吹刮三个星期不断的热风，使神经疾病患者易于发病。机体中一切功能被摧毁，患者自觉症状比到柯克杰别尔之前更为严重。

（读到这，妻哭起来了。）

“缺水造成了疗养地的悲剧，”我在第 370—371 页上读道，“井水是咸的，带有强烈的海水味道……”

“你别念了，把眼睛都累坏了……”

柯克杰别尔的不足之处为缺少照明、下水道、旅馆、商店、交通不便，没有医疗卫生机构和卫生监督机构，生活昂贵……

“够了！”妻神经兮兮地说。

门开了。

“您的信。”

信里说：

快到柯克杰别尔来找我们吧。美极了。已经开始游泳了。午饭七十戈比。

于是我们就动身了……

克里米亚游记

到塞瓦斯托波尔去！

“不可能。”我反反复复地琢磨，脑袋摇得跟拨浪鼓似的直往车厢上碰。我正在考虑钱够不够。外头下着雨。马车仿佛在原地踏步。莫斯科的街道正缓缓向身后退去。一家家啤酒馆的玻璃橱窗上装饰着穿燕尾服的龙虾，还有一幢幢灰色的房屋，都正在向后退去。鼓着大眼睛的汽车在如丝的细雨中哼叫着。我歪在马车里，双膝间夹着一包从“缪尔”公司买来的东西，手里攥着一只瘪瘪的钱包，脑海里却浮现出一片绿色的大海，同时又想着我是不是会忘记锁房门……

头等的“C”车厢——漂亮极了。挂着一层乳白的薄雾轻绡。每一节车厢门口都站着一位拿手电筒的列车员。没见到你的卧铺票之前他们是那样的不讲情面，那样的凛然无私；可看过车票之后，又是那样的殷勤有礼。车窗明亮，餐车里铺着白桌布，陈列着一瓶瓶香槟和红葡萄酒。

第二遍铃声轻轻响过，快车悄然开动，驶出了车站。莫斯科在五分钟之内蒙上了一件浓黑浓黑的外套，融入地下，周围一片静默。

头顶吊着风扇。侍应生异乎寻常地彬彬有礼，弄得顾客那么不自在。我品尝着巴伐利亚啤酒，心里闹不明白为什么非要用这厚厚的窗帘把我同莫斯科郊区的美景分开。

“那帮狗娘养的往窗户里扔石头。”像条蛇一般游走于餐桌之间的招待这样解释。

硬席车厢里的乘客就寝了。我跟乘务员攀谈起来。他在我就寝前给我讲了一个有人丢皮箱的故事。我问他哪些地段他认为最危险。原来是土拉、奥寥尔、库尔斯克、哈尔科夫。为这个故事我送了他一卢布，寻思这信息往后能用上。作为一卢布的回报，我从列车员那里得到了一床柔软的垫子（一只垫子再加一套床单枕套要收三个卢布的卧具费呢）。我从“缪尔”买来的皮箱带着亮光闪闪的锁键，看起来实在太吊人胃口了。

“到了奥寥尔准会被人偷掉的。”我伤心地想。

我的邻居用绳子把皮箱拴到衣架上；我把我的小手提包放在身旁，又把领带的一头系在提把上。这一来夜里我做了一个噩梦，差点儿没被勒得背过气去。土拉和奥寥尔已被我抛到了身后，醒来时不是到了库尔斯克就是到了别尔戈罗德。我朝窗外一看，不由得情绪低落。离开莫斯科已是数百俄里之遥，可依然天气阴冷，阴雨绵绵。满天浓云滚滚，太阳总想露出脸来，可就是做不到。

田野在向后奔驰，我们在向南突进。在车上我们也一个车厢一个车厢地朝南走，穿过设计精巧精光闪闪的外宾车厢去喝那绿色的菜汤。窗帘不见了，但也不见有人扔石头。不时斜雨敲窗，斜斜的云脚直拖到田野的尽头。

从莫斯科到章科伊走了三十个小时。我的身旁放着一只梅里利斯皮箱，章科伊站站长穿了一件防雨布外套站在我对面，脸全都冻青了。莫斯科的天气比这儿可暖和多了。

原来，要有七个小时等待从费多西亚开过来的车。

头等车候车室柜台后头有个人，活像宗教画上的霸主马马伊①在给彻夜不眠的换乘旅客倒茶水。太阳一出，就不再冷得发抖了。阳光同乌云搏斗着，从货车车厢那边一路照射过来。窗口露出一丛丛金合欢。就在我拜读理发师的警句和宣言——“赊账破坏感情”——这工夫，这位师傅已经给我理完了发。

稍后，一位美国风度的绅士跟我搭上了话。他说他觉得我不该到柯克杰别尔去，奥图扎要好上一千倍。那边有玫瑰、美酒、大海、二十卢布一个月的房间，他在那儿，在奥图扎，还是个主席。什么主席？忘了。不是合作社呀就是生产

---

① 马马伊（？—1380），金帐汗国的统帅，多次率蒙古骑兵侵占俄罗斯土地，被东正教视为带来巨大灾难的异教徒。

队，总之他是个酿酒的。

这当儿太阳爬了出来，于是我便出门浏览章科伊的街景。一个身手伶俐的男孩在我一跤摔进章科伊的烂泥塘之后，忙跑过来给我擦皮鞋。我问该给他多少钱，他讨好地说：

“您看着给吧。”

可当我给了三十戈比时，他却大声叫屈说我简直是把他给抢了，他的叫声响彻整个章科伊。几位妇女跑过来，其中之一对男孩说：

“你这个不要脸的东西！外地人不是都给你二十戈比吗？”又对我说：“公民，给他个耳刮子。”

“你怎么看出来我是外地人呢？”我傻呆呆地笑着问，又给了那孩子二十戈比。（他黑得像只屎壳郎，十分精明，胆大包天，约摸十二岁。如果您也到章科伊去，对他可要小心。）

那妇女也不作答，只把眼睛瞅瞅我的鞋尖。我不由得哎呀一声。这坏东西不知把什么东西抹在了我的鞋尖上，一直粘在那里，弄得这双鞋跟土坯也差不哪去。

费多西亚来的列车开过去了。又下了一阵雷暴雨。接着车轮响起，我们驰向南方，驰向大海之滨。

柯克杰别尔

请想象一下在你的眼前是一个半圆的海湾，它的一头插入许多高耸于海面的黑压压的巨石之间——这是已经熄灭的卡拉达格火山在远古时代喷发的遗迹；另一头在一群顶端截得齐刷刷的黄红色礁石之间逐渐变成了海岬——羊跳海岬。

疗养圣地柯克杰别尔就在这港湾里。

这里有第一流的海滩，是克里米亚这颗明珠上最好的海滩之一：细沙如带，而在紧依海水的一侧则是被海水拍打出来的细碎细碎的各色石头颗粒。

先说说这些小石子吧。来到柯克杰别尔的人们，都会患上一种病——“嗜石症”。来人如果是一个聪明人，他一定会立刻脱下外裤，抖抖从莫斯科和土拉一路带来的征尘，把它挂进衣橱，然后换上短裤。于是他来到了海边。

如果他不是个聪明人，那就依然套着长裤。这样他的两腿就接触不到克里米亚的空气，而他本人也会依旧待在岸上，真他妈的见鬼！

太阳有时很灼人，翻着白色浪冠的海浪不断朝海岸扑来，这时你会觉得在摆脱了莫斯科憋闷的高楼峡谷之后身子轻飘飘的，脑袋也有点发晕。

傍晚新来的游客眼神傻乎乎地回到别墅，从口袋里把石子一把把掏出来。

“看看我找的这些！”

“太美了。”住过两个星期的老客说。这种半惊半喜的声音听上去总有点虚情假意。“简直令人惊奇！你知道这些石子什么时候最漂亮吗？”

“什么时候？”天真的莫斯科人问。

“就在映着晚霞把它扔进水里的时候。它在空中的飞翔真是异乎寻常的美。你可以试试！”

新来的生气了。可过不了几天他也开始明白了。在他房间的窗户底下扔着一堆堆白的、灰的和玫瑰色的石头子儿，都是他自己捡来的，如今又被他自己扔了出去。这会儿他寻找的已经是一块块光莹的真肉红玉髓、透明石以及带条纹和图案的石头了。

海滩上到处是人体：脖子上和胳膊上的皮晒蜕了，脸是古铜色的，坐在那里挖呀挖，肚子贴着地往前爬。

请不要妨碍他们，人们这是在寻找“佛南皮克斯”！当地的收藏家们给那些美丽名贵的石子起了个名字叫“佛南皮克斯”。除此而外，还有一种石头叫“蛤蟆”。那是些精致美丽的石子，上头长着一圈一圈五彩花纹。爱好者们也不放过一种叫作“风景狗”的石头。那是一种普通的灰色石子，只是上面可以看出一些如幻如梦的纹理。在一只“狗”身上人们可以依想象而发现各种不同的图案，就像哈姆雷特眼里的白云一样。

“瓦夏，他妈的真是个活脱的靡菲斯特[1]……”

---

① 靡菲斯特，歌德《浮士德》中魔鬼的名字。

“你才是靡菲斯特呢！这是莫斯科大剧院好不好！”

那些不捡石头的人就去洗海澡。柯克杰别尔的海水澡可是第一流的。晒得滚烫的沙滩把城市的阴湿从体内驱赶出去，膝盖和腰间的酸疼一扫而空，痛风病患者和体弱多病的人们全都还了阳。

不过有一个说明：柯克杰别尔并非对谁都有益，对一些人甚至还会有害。那些神经系统很不健康的人就不宜来。

这里我要说明的是风在柯克杰别尔并非如对我说的那样只是在五月或者八月才刮，而是整年都在刮，天天都在刮。没有不刮风的时候，即使炎炎夏日也是如此。风使神经病患者受到刺激。

在克里米亚的所有疗养胜地中，柯克杰别尔是一个比较朴素的地方，也就是说到这里来的“奈普曼”较少。不过还是有。在一座战前留存下来的名称颇富诗意的“铃鼓”咖啡馆——幸运的是这家咖啡馆已经关门，有一半几乎变成了废墟——就在这家咖啡馆的墙上，大书着一条著名的标语：

> 正常的别墅客是大自然的朋友。
> 裸体的丑八怪，有点羞耻之心吧！

这位“正常的别墅客”被画成是戴硬顶宽檐帽、打领带、上下一身西装、裤脚带卷边的人物。

这些从莫斯科来到柯克杰别尔的自然之子正是这样一身打扮，就跟“铃鼓”墙上的画儿一模一样。陪他们一块儿来的有老婆，还有大姨子小姨子：嘴唇抹得通红通红，头发烫成了卷儿，乳罩，浅黄色的长袜，锃亮的皮鞋。

这群人的一大特点：夕阳西下，海尽头笼罩着一层雾霭时，特别是稍晚月光在海面映出一道破碎的金色光柱，海浪在岸边悄声细语轻轻摇荡时，人人心头油然生出一种天宇广阔我欲飞去之感。但这些人却背对大海坐在长凳上面向合作社大吃洋樱桃。

再来说说那些裸体的丑八怪吧。其实他们才是最聪明的。他们晒成了古铜色。他们懂得在克里米亚皮肤也能呼吸这个道理。否则干吗到这里来？“奈普曼”是说什么也不肯脱下那身衣服的。哪怕是把金子堆在他面前，他也不肯跟他的西服套装分手：裤子口袋里有表和钱包，上装口袋里则放着钱夹子。只有那些到克里米亚来休息的共青团员和工会会员以及那些比较有头脑的人才脱得只剩一条短裤到处走来走去。

他们不仅享用大海，他们还爬上卡拉达格的悬崖峭壁。有一次我乘着扬帆的舢板从陡峭的悬崖脚下，从可怕的阴沉沉的礁石旁驶过时，我发现就在那令人炫目的高处，在那朝上看一眼心就会发冷的山羊才能通过的地方，居然出现了几个白衬衫和红头巾的点子。他们怎么爬上去的?!

曾经有过那么一个时候，早在战前，一个无家可归的大学生流落在柯克杰别尔。他食不果腹，被当时唯一的而现在已经不存在的一家旅馆的老板发现了，老板雇他写了一本广告性质的小册子。

这位大学生有吃有喝干了三个月，感谢命运之神给他的际遇，养肥了自己，也写出了一本辞藻之绚丽不亚于海滩石子的柯克杰别尔颂歌。

……在外地习惯于另一种行为举止的女士们穿着无花果叶之衣羞涩地提起衣裾久久在沙滩上徘徊……

根本就没有什么羞涩地提起衣裾一说。天气炎热，男男女女到处展示着经过日晒风吹的赤裸身体。

风波之苦

轮船“伊格纳特·谢尔盖耶夫号”有一条烟囱、两个等级的客舱(只有二等舱和三等舱)。它到达费多西亚是中午两点，正是最热的时候。汽笛在海运办事处码头上吼叫了好久。生锈的锚链发出刺耳的动静。大包大包压得紧紧的干草吊在空中旋转,海员们正在把它们装进船舱。

码头上一片嘈杂。搬运行李的半大孩子们用手推车拖运箱子和网篮,轰隆轰隆地响成一片。乘客人数很多,从巴统起二等舱位就客满了。售票口出售的二等舱票全是没有床位的票。可以在餐厅的沙发上睡觉,那里还有钢琴和风琴。

我买到的就是这种票。不过也正因为如此才出了差错。原因请看下文。

伊格纳特号停泊了约一小时后挂出了牌子:“五时二十分起航”,但实际起航的时间是六时三十分。这时正当日落。费多西亚开始缓缓向后浮动,展现出一派美丽的白色。舷窗外吹来了凉爽的风……

餐厅管理员带着自己的助手(顺便说一句:两个都是卑鄙无耻的家伙,没有文化教养,而且不知为什么总是醉醺醺的)在餐桌上铺好了桌布,把一只只盘子扔到桌布上。这些盘子又重又厚,怎么摔怎么碰也不会打破。有的盘子里放进了一块鞋后跟似的牛扒,配上了一些油滋滋的土豆;另外一些里头则放进了半只瘦骨嶙峋的小鸡雏,外加一瓶啤酒。这时“伊格纳特号”已经驶入了万顷波涛。

要找吃牛扒喝啤酒的时间眼下是再恰当不过了。船尾在缓慢轻柔流畅地向上升起(餐厅就是在船尾),接着又缓慢而更加流畅地向深处沉落下去。

头一个发作的是我邻坐的那位公民。牛扒吃了一半就撂下了，剩下的部分还相当不小。看来那牛扒他是再没心思去吃的了。接下来他的脸色从红润变成了青得透明，脸上还渗出了密密的汗珠。

他细起嗓子说：

“给我喝口矿泉水……”

餐厅管理员用那双厚颜无耻的眼睛无动于衷地瞅了他一眼，把一瓶矿泉水在他面前重重地一蹾。这位旅客也没顾上喝，忙站起身来离开餐桌，趔趔趄趄地顺着地毯跑了出去。

“起浪了！”一个男高音在走廊里兴高采烈地说。

一位漂亮的小保姆，在费多西亚的时候她是悠孩子的，如今到了海里自己却被悠成了一个面色灰白的老太婆，忽然把个孩子像只口袋似的扔到了沙发上。

均匀地……往上……挤压着横膈膜……再往下……

“见鬼，干吗我要点这么一份牛扒……”

餐厅空起来了。在行李几乎堆到天花板的走廊里一位女士脸色发青地躺在柔软的小沙发上，咬牙切齿地跟自己的女伴说：

“唉呀，我早说过应该乘火车到辛非罗波尔的嘛……”

我想：“真见鬼，干吗我非要买个二等舱，但却要跑到甲板上来坐着？”到处都是牛扒的味道，这股味道在胃里一拱一拱地闹得很厉害。机体需要的是三等舱——甲板。

甲板上早就乱得不亦乐乎了。一个亚美尼亚老太婆正呻吟着顺甲板朝船舷爬去。三位男士和许多女士正趴在栏杆上，软得像是没了骨头，脑袋晃晃悠悠地耷拉着。

面色红润营养良好的大副，新鲜得就跟个嫩黄瓜似的，蓝制服白鞋，沿着船舷走了过来，嘴里在不断地安慰着大家：

“没关系，没关系……海里也得来点料嘛……”

黑色的大浪汹涌而来(可是从费多西亚远望，海面却是平平的，只是有点儿小碎浪而已)，一个个浪头足有足球场那么大，有时还卷起一片片灰白的浪花，它缓缓地掀动着，扑向“伊格纳特号”。于是船头缓缓地向上昂起……昂起……嚯嚯……向上……然后再向下……

傍晚莅临了。卡拉达格从一旁漂了过去，在雾气迷漫中显得黑乎乎的，仿佛怒气冲冲。身后远方的柯克杰别尔有如一线，在黑暗中渐渐消失。再见吧，再见。

我朝天空望去——一片混沌。又想远眺山头——更是没门儿。浊浪排空，一片蒙蒙……

我转身离开船舷，心头顿时轻松了不少。我立刻躺到甲板上蒙蒙眬眬地睡去……我仿佛重又见到了被蓝色雾霭笼罩着的群山……

雅 尔 塔

她多美！

临近黎明的深夜,黑暗中出现了一点儿颤抖的灯光。灯光变成了两点、三点，然后又变成了七点——但已不是灯光,而是宝石之光……

餐厅里华灯齐放。

“雅尔塔到了。”

舷窗中闪烁着她层层叠叠的灯火。

夜色淡了,更淡了。舷窗里的灯光逐渐消失。现在我们到了灯光的脚下。船上忙碌起来,沙发上的人影一个个复活了。手提箱出现了。突然,“伊格纳特号”体内有节奏的马达声寂灭了,锚链发出一阵响动。船身颠簸了一会儿。

当然,雅尔塔到了!

美丽的雅尔塔，令人嫌恶的雅尔塔——这两种截然不同的品质在她的身上永远交织在一起。马上就不得不又凶又狠地讨价还价。雅尔塔是座旅游城市,所有外来人——我想说的是单身外来人——都被看成是“肥羊”。

搬运夫沿着沉睡未醒依然夜色迷蒙的堤岸大街把我引到一处似乎是宫殿前的石级的地方。隐约可以分辨出石级、女墙、檀香树、一簇簇修剪得整整齐齐的绿色树丛。月亮已落到了防波堤外,眼前则是一座宫殿。见鬼!

看来他把我送到了一家最贵的宾馆。

果不其然,当然是一家最贵的。两卢布一间的“全部客满”,只有三卢布一间的了。

“干吗不亮灯？”

“度假的地方嘛！”

“好吧，也无所谓。”

宾馆的窗户面临着层层向上延展的雅尔塔。晨光熹微。云朵缠绕着山头，空气轻轻拂动。我有生以来没有在任何其他地方呼吸过像雅尔塔这里的空气。呼吸着这样的空气人怎能不恢复活力？它是甘甜的，冷冽的，带着一种花香。深深地吸上一口，就会感觉它流入了你的肺腑。没有比雅尔塔更好的空气了！

被雨水洗涤过的雅尔塔早晨醒来了。堤岸大街上的繁华胜过特维尔大街：店铺鳞次栉比，家家敞开大门，货物堆积如山，人人大呼小叫。一堆堆摆着叫卖的有鞑靼人的小帽、波斯来的樱桃、烟斗、网格内衣、足球、葡萄酒、香水、吊带、点心等等。参加贸易的有希腊人、鞑靼人、俄罗斯人、犹太人。价格全是按“旅游地区”价，卖得还怪好的。穿白裤子、白裙子、黄皮鞋，腿上穿了长筒袜和光腿穿便鞋的人们川流不息地从亮闪闪的玻璃橱窗前面涌过。

再说大海

在雅尔塔洗海水澡真是一桩再糟糕不过的事情——我这里说的是就在雅尔塔市内的堤岸脚下洗澡。

你可以想象一幅莫斯科马路上石块被翻掘得七零八落的画面。这就是海滩。不言而喻，这里到处是破报纸。使人难以理解的是为疗养胜地风化计这里搞了一些用板子钉得稀稀拉拉的红色隔板（鬼知道这些玩意儿能有什么用！）。不过却什么也挡不住。再有一件却是可以理解的，那就是如果你想往地下吐口痰，实在是连一寸地儿也找不到，这痰准会吐到别人的裤子或者赤裸的肚皮上。不过吐痰的欲望总还是有的，尤其是患肺结核的人们。这样的人在雅尔塔数不胜数，所以雅尔塔的海滩就遍布痰迹了。

还有，在海滩的入口处钉起了一座小板棚，开了个售票的窟窿，里头坐着个乏味的女性生物，斤斤计较地从每个一般游客手里搜刮二十戈比，而从工会会员手上则搜刮五个戈比。

“我倒要请问您，您在这里只管收钱，您可知道在您的这片海滩上现在已经根本没法下水了吗？……”

“嘻嘻嘻……”

“您别光笑呀。您的这片海滩上可全吐满了痰哪，到雅尔塔来的结核病患者可不在少数啊！”

“哪我们又能咋办？”

“放几个痰桶嘛，柱子上还可以挂上几条标语，弄个人到处看看，捎带把碎纸捡捡。”

暮色终于降临到雅尔塔。我沿着陡峭的小街越走越高，频频回顾身后。每向上攀登一步，大海就在眼前展现得更为宽广。舢板鼓着向一边倾侧的船帆，仿佛成了一个静止不动的玩具。身后的雅尔塔幢幢白色房屋和尖尖的檀香树尤为醒目。周围越来越变得葱茏一片。通向利瓦蒂亚道路上的别墅到了这里早已完全淹没在绿色树墙之中，有的地方间或探伸出一片屋顶或是一角白色的阳台。待到暑气消失，我沿着陡峭的公路信步走进一个个公园。它们好大，好干净，充满了魅力。海如今远去了，在你的脚下，瓦蓝瓦蓝的，平得就像盛在一只巨碗里似的，而在巨碗边缘，在那遥远遥远的地方，则是蒙蒙的雾。

一座占地广阔的低矮的像巧克力般精致的房屋——亚历山大三世的行宫——掩映在此处经过精心修剪的两侧是玫瑰花墙的纵横交错的林荫道之间。而在略高一点儿的不远的地方，在一片不大的广场上，坐落着尼古拉二世的白色宫殿。一幅巨型雷科夫肖像高耸于圆柱之上，显得格外醒目。住进了沙皇行宫的农民们有的成群结队，有的只是独个儿在铺着细灰砾石的广场上踢球、散步。在这两座宫殿里住了大约有二百位农民。

他们都是结核病患者，从苏联各边远地区送到这里来疗养的。穿戴统一的——白上衣、白裤子、小白帽。

在这自由、静谧的傍晚时刻，他们坐在大理石长椅上，呼吸着新鲜空气，眺望着两个大海：一个是绿色的皇家花园海洋，它那巨大的阶梯一层层向海滨一直延伸到目力所及的尽头；还有一个是真正的大海，后者这会儿在暮霭中平得就跟一块玻璃一样。

不远处竖立着一座宫廷教堂，顶上的十字架已经取下来了，在开了一个洞的白墙上低低地悬挂着几口大钟，其中的一口铜钟上铸着亚历山大二世的头像，脸上有颊须，鼻子直挺挺的，目光显得那么阴郁。再往后是一排平整的侍从人员用房，那里有一台风琴在奏响，坐着一些疗养的病号。

从利瓦蒂亚回到雅尔塔的时候，浓密的蓝黑色夜幕已经降临了。整个雅尔塔从山头到山脚灯火通明。灯光在颤抖。堤岸大街灿烂辉煌。人流滚滚，都是来疗养和度假的。

海上的一家小小浮动餐厅里几把小提琴演奏着《浮士德》里的华尔兹舞曲。浪花拍打着餐厅的水下支柱，宛若为提琴伴奏，使乐声显得格外欢快。所有的点心铺，所有的镶着透明玻璃的小卖店里人们在吞灌着冰冻饮料和热茶。

雅尔塔的夜空是一片亮灿灿的夜空。两腿虽已唱起了疲倦的歌，但人们却不想休息。他们想欣赏那防波堤上融入夜空的绿色灯火，那从海面冉冉升起的红彤彤的不大的月亮。一道金色的折折弯弯的粗大光柱横穿整个黑海,从月亮上直伸向岸边。

"访问契诃夫"

在密布着弯弯曲曲几乎要伸展到天上的小巷的奥特卡山顶,在几间鞑靼小铺和一些毫无特色的白色别墅之间,有一道白色的石墙、一扇柴扉和一个一尘不染铺着碎石的小院。在这草木争荣的院落中央,有一幢窗明几净的带阁楼的房子,门上钉着个小小铜牌:"安·帕·契诃夫"。

这块小铜牌给了人一种在按响门铃时他一定在家而且会应声而出的感觉。但出来的却是一位彬彬有礼态度殷勤的中年女士。这是作家的妹妹玛丽亚。这座房子成了博物馆。可以随便参观。

这里的一切真有点怪。

这天玛丽亚刚领一拨游客参观过这座房子,她累了,所以领我们参观的是另一位上了年纪的妇女。大家也不太好意思问她的身份。她对契诃夫一家的起居生活十分熟悉,看来是在这个家里住了很久。

餐厅里有一张桌子,铺着白桌布;一张沙发,一架钢琴。还有契诃夫的肖像——共两张,其一是十九世纪九十年代照的,充满了活力,眼睛带着笑意——"来时的样子"。另一张则是皱纹纵横。有一张画上画着一位表情忧郁的女人，画没有画完。那是契诃夫弟弟的作品。

“列夫·尼古拉耶维奇·托尔斯泰到契诃夫家来做客的时候就坐在这个位子上。除了他之外还有不少人也在这里坐过：蒲宁、魏列萨耶夫、库普林、沙里亚宾[1]，艺术剧院的演员们也到这里来排练过。”

契诃夫的书房里陈列着许多照片，上头挂了一层薄纱。这里有斯坦尼斯拉夫斯基[2]和沙里亚宾，有阔米萨尔热夫斯基[3]和其他人。

这里有一个彩绘木盘，是契诃夫在乌克兰村市上买的。为了这个盘子家里人都取笑契诃夫——这么一件废物。

墙上有张照片，上头的人是契诃夫的一个兄弟，他若有所思地抬起眼睛仰望上苍，题字是：

“想来九天云鹤也会有家庭带来的烦恼吧……嘎……”

窗户顶端是三个穹顶，玻璃是彩色的。这样一来房里的光线变得柔和了，而且显得有点怪诞。书桌后面的壁凹里摆放着一张低矮的沙发，雪白雪白的，沙发上方墙上挂着一幅列维丹的风景：绿色的树丛和小溪——这是俄罗斯的大自

① 蒲宁、魏列萨耶夫、库普林为俄罗斯作家，沙里亚宾为俄罗斯著名的男低音歌唱家。

② 斯坦尼斯拉夫斯基，俄罗斯著名导演、戏剧家。

③ 阔米萨尔热夫斯基，俄罗斯著名的男高音歌唱家。

然，色调浓郁的油画。情调是忧郁的，静谧的。

旁边则是列维丹本人的照片。

正对壁凹摆放着书桌，几支铅笔和鹅毛笔、一把医用小锤和一沓信件显示出一种日耳曼式的整洁。这些邮件契诃夫已经再也来不及拆开了。它们是 1904 年 5 月收到的，可 5 月正是他到了国外处于弥留的时刻。

“尤其是那些初入文苑的作家，给安东·帕夫洛维奇添了不少麻烦。来了就念自己的稿子，然后还问：‘安东·帕夫洛维奇，您觉得怎么样？’”

可契诃夫又是个非常有礼貌的人，总不好意思说写得一塌糊涂。怎么也张不开口。对所有的人都说：“不错不错，满好……干吧！”沙里亚宾可就不一样了，对谁说话都是直来直去：“您的嗓子根本就不行，您当不了歌唱家！”

卧室的床头桌上放着一小包非纳西丁粉——这是契诃夫没有来得及服用的。上边还有他亲手写下的“非纳……”两个字，没写完就停下了。

这里的蜡烛有个绿色的罩子，这里还立着一口又厚又重的红木大柜——母亲送给他的礼物。家里人都开玩笑把它叫作“我们最最尊敬的大柜”。后来到了《樱桃园》里就简化成“最最尊敬的”了。

开往塞瓦斯托波尔的汽车上

如果真要坐汽车从雅尔塔到塞瓦斯托波尔，老天保佑，除了克里米亚旅游公司的汽车之外，别的车您可千万别坐。我原打算省两卢布的，这回可真是“省”下了。一张克里米亚旅游公司到塞瓦斯托波尔的票卖十卢布，一张司机劳动组合的票卖八卢布，于是我就找到了后者。

劳动组合的办公室里有个办事挺麻溜的人物，是个秃头，跟犹太人一样的彬彬有礼，身上的汗衫脏得要命。他告诉我车上的乘客一共五人。可第二天发车的时候吓得我叫了一声妈呀。没有一位专家能说得出这台车是哪家工厂的产品，因为它身上根本就找不到两个零件是出自于一个厂家，全是凑起来的。右前轮是“奔驰”的，两个后轮是“雪佛兰”的，引擎是“福特”的，车厢嘛鬼知道是哪家的！很可能是俄罗斯土造的。车体的密封胶垫全都扯得零零挂挂。

整个的一台车都在哗啦哗啦作响，咝咝地跑风漏气，两个前轱辘不是照直往前，而是“甩开八字步”，活像个酒鬼。

再提抗议也晚了，再提抗议也没用了。别的车又找不着，不坐这车就赶不上塞瓦斯托波尔的火车了。

司机一个劲儿厚颜无耻地阴笑着，还说这车是克里米亚跑得最快的车。此外车上的乘客当然不会是五个，而是十一个：八个带行李的乘客和三名司机——两个当班的，第三个是个挺能干的小伙子，穿了一件蓝上衣，好像是这辆纯牌“进口”首席快速车的“作者”。这样，我们便风驰电掣般地上路了。

到了加斯普里，“首席快速车”当然抛锚了，所有的乘客当然也皆大欢喜。

一道冷冽无比的清泉从管子里流淌出来。人们贪婪地牛饮了一番，又像蜥蜴似的趴在太阳地里晒了一通。无边的绿色海洋，悬崖，峭壁……

到了米斯霍尔轮胎又爆了一只。

第二只轮胎是在阳光灿烂的阿鲁普卡爆炸的。乘客们又高兴得不得了。只见迎面一辆辆锃光瓦亮的克里米亚旅游公司客车飞驰而来，里头坐着围纱巾的“奈普曼”女太太。不过这段路真不该坐着汽车围着纱巾走过，而是步行。只有这样才能领略南国海岸的魅力。

塞瓦斯托波尔，克里米亚之行结束

傍晚时分一个个带着阳光的灼伤和满头满脸灰土进入了白色的占地广阔的塞瓦斯托波尔。空气使人陶醉。这时轻愁爬上了人们的心头：“是告别克里米亚的时候了。”

汽车上的土匪们解下了行李。一只手提箱的一角像是刀切的一般被掀开了。花格毛毯撕掉了漂亮的一角。在这趟可怕的旅行中汽车到底还是用页翅板“舔”了一辆马车一下。

剽悍的车手们对着自己的杰作欣赏了一番，高高兴兴地鸣着喇叭开走了。到了晚上——这是个温暖馨香的夜晚，我们怀着惆怅和惋惜离开了缀满星星的塞瓦斯托波尔，返回莫斯科。

给我们的质量唱首“赞歌”

……关于我们产品的质量，到了
该大声疾呼的时候了……

——引自讲话

一点儿不错，我早就想发出呼吁了。

而且一定是大声疾呼。

说实在的，罗蒙诺索夫教授的内燃机车倒也并不是我发明的，当工会大厦游泳馆厅深夜响起共青团员们震耳欲聋的掌声时，接收象棋特级大师卡帕勃兰卡棋局实况的也不是我。我只不过是个地地道道的小人物，可总该有权穿一双血汗钱换来的袜子吧？

袜子，说到底并不是什么花斑走马或者钻石戒指之类的东西。袜子不过是一件生活必需品而已……

谈袜子之前我想先说一桩关于松鼠皮大衣的事。大衣总比袜子要来得重要。

我领到了一张二百一十卢布的工资券，于是打道前往国营百货公司。

出发之前，我跟一位朋友有过一次谈话。他可是个非常有经验的人，这种人从头到脚穿的都是用工资券买来的可疑货色。此人对我说：

“啊……是张工资券。这一下你该倒霉了。不过让我来开导开导你吧。到了商店你可别先把这张券亮出来，先把东西选好。你得让他们把你当老资来接待，然后再把券掏出来。那时你就等着瞧吧……”

“怪哉……怪哉……”我想了一想，来到商店。

“请把你们最好的皮大衣拿来看看。最贵、最暖和、最漂亮、最时髦的。我想买一件好大衣。”我学着老资的口气说。

这几句话一出口，那位站在挂满各色各样裘皮大衣架子旁边的青年人激动得差点没晕过去。

他像只松鼠似的先一步蹿到高处再蹦下来，接着又钻进一道神秘的帘子，手上捧着一袭皮裘出现在我的眼前。

“这大衣结实吗？”我一面在镶蓝边的镜子里欣赏着自己的身影一面问。

年轻人听了后忙说：

"要说您孙子我可不敢打包票,不过您儿子穿它结婚管保一点儿没问题。"

"多少钱?"

"眼下来说它可是无价,"站柜台的土匪带着迷人的微笑说。"不过我们出于对人类的爱心,也为了给商场创牌子,订了个二百零五卢布的价。对不起……让我把您身上这根小毛毛摘下来……"

"我买下了。给,工资券,"我说,"剩下的五个卢布再来三条长衬裤,找半个卢布。我用工资券结算。"

哎呀呀,真遗憾我没能把这土匪在听我说话时的那副尊容当场拍下来。那下巴一直耷拉到了领带上……他做了一个动作仿佛要扑上来抢回我的大衣,可惜晚了一步,我穿着皮大衣拿着衬裤走出了国营百货公司……

上面那件事发生在11月。过了4个月——到了3月份——我因为有事来到一家,听到小姑娘悄悄说:

"妈妈……有个破衣烂衫的人找爸爸来了。"

"破衣烂衫?怎么会呢?我——破衣烂衫?这可是二百零五卢布买的呢。"

我忙跑到镜子跟前去一照,这回轮到我的下巴耷拉下来啦。口袋的几个角出现了裂缝,所有的扣眼全起了毛。羊羔皮领子裂了三个大口子,胳膊肘掉毛了,缝口的毛脱落得露出了白板。国营商场出售的该死的松鼠皮大衣不知什么毛病有两个地方居然一根毛也不见了,其他地方的皮子就像戏台上老头儿戴的光板帽。

为这件大衣到现在我的钱还没给完,月月得付。

一双皮鞋是去年5月里买的。5月12号。可5月14号那天走过阿尔巴特街上的果戈理坐像时,就听到脚下沙拉沙拉直响。抬起右脚一瞅,才发现鞋上已经咧开了大嘴,打嘴里掉出来一块报纸。

“这是怎么回事,最最尊敬的果戈理先生?”我问。“这到底是怎么回事?前天这皮鞋还闪闪发光,什么毛病都没有嘛。”

果戈理坐在基座上一言不发,模样怪可怜的。

皮鞋花了我三十五卢布。

女用吊袜带，"勒扎尔提耶尔"牌的，四个半卢布一副，两个礼拜就全散花了。

套鞋挺了两个半月，雨季一到，它也要熊。看来这些套鞋只能晴天穿穿。放在前厅里的时候啥事没有，都好好的。春雨一下，它们就出毛病了，玩儿完。

我也患上了流感。

我好像是想说袜子来着。好了好了，为了不使感冒再加上肝气痛，袜子的事我就什么也别说了。不说了。

够了。松鼠皮的大衣就挂在那个角落。为了这件光板大衣我成了负债累累的奴隶。柜里挂的那条裤子，后屁股跟椅子接触的地方磨得闪闪发光；钉子上挂的那根领带成了流苏状。桌上放着维也纳灌肠，床上躺着我的妻子。床上的妻子吃了两口桌上的肠子，于是又多了一只进口的药瓶子……不说了。

……的确是到了该大声疾呼提高我们产品质量的时候了。

译后记

捕捉心理变化的大师

——谈布尔加科夫的散文

记得那是1995年秋天一个阴冷潮湿的星期六下午，我同在莫斯科人民友谊大学念研究生的次女一道，踏着满地飘零的黄叶，漫步在新处女修道院公墓幽静的林荫道上。我的心里朦朦胧胧有一个愿望，就是要带她去看看布尔加科夫的长眠之地。她读过我译的《大师与玛格丽特》，又读过前两个月才脱稿的《布尔加科夫散文集》的译文，早就盼望着我带她去作这样一次散步了。

从我的叙述里，她对于作家安息之所的质朴似乎已经有了足够的思想准备：作家生前生活的清贫和种种不如意对于她来说并不陌生。然而，当她的眼前出现了一座完全可以称之为鄙陋的坟墓时，她还是惊讶了。同周围那一座座用华贵的大理石和花岗岩装砌得庄严雄伟、竖立着高大的方尖碑和精美的雕塑的坟墓相比，它显得那样“寒酸”：一圈高不足一尺的锈蚀的长方形铁栅栏围出了一块低洼狭窄潮湿的土地，上面浅卧着一块未经打磨的磨盘大小独具一格的粗粝石头，透过斑驳苔痕，依稀可以辨识出两行浅浅的字迹：

米哈伊尔·阿法纳西耶维奇·布尔加科夫

（1891—1940）

然而，奇怪的是这低洼、潮湿、简陋的墓地给人带来的感觉却并非凄凉。我忽然发现原来是那几束整齐地摆放在墓石上的黄白红相间的亮丽的玫瑰和石竹，使墓前经过的人们感受到一种生命活力，一种弥漫于湿润的空气中的温馨，一种深切的怀念。

我们伫立良久，感慨颇深，默默沿着小径向墓地深处走去。这时，身后一阵活泼的喧声笑语吸引了我们的注意：原来一群少年在一名女教师的引导下正朝着我们刚刚离开的墓地走去，看样子大概是六七年级的学生，为首的一名女生手里捧着一大把鲜花。他们环墓而立，鲜花摆到了那块粗粝的墓石上，响起了女教师清越激动的解说声……

我情不自禁脱口用俄语吟出了普希金《纪念碑》中的两句诗，只是把诗中的人称从“我”改成了“他”：

他为自己竖立了一座非人工的纪念碑，

荒草永不会掩没人们为它踏出的小径。

米哈伊尔·阿法纳西耶维奇·布尔加科夫，20世纪末最为俄国人挚爱和尊敬的经典作家。享有崇高的声誉。他诞生于基辅一个有高度文化修养的神学教授之家，他父亲早丧，家境贫寒，在医学院毕业后，于十月革命和内战期间在乡村和部队从医，他的第一部长篇小说《青年医生手记》就同乡村从医的经历有关。布尔加科夫1921年到莫斯科，以新闻写作和文学创作为生。20世纪20年代中期发表的长篇小说《白卫军》以及在此基础上创作的剧本《图尔宾一家的日子》为他带来很高的声誉，但也使他从此陷入政治上的困境。30年代布尔加科夫在莫斯科模范艺术剧院任编剧，所创作的文学和戏剧作品绝大部分生前均未能发表和上演。1940年作家因病在莫斯科逝世，留下了两部未能发表的长篇小说、一部中篇小说、一部莫里哀的传记、三部上过舞台和九部从未上演过的戏剧以及大量短篇小说、小品文、杂文等。

布尔加科夫获得世界声誉并牢固占据俄国经典作家的地位，得力于他最后十多年的呕心沥血之作——长篇小说《大师与玛格丽特》——在1967年的发表。历史偏见掩埋之下的艺术明珠终于重新放出夺目的光辉。此后，他的全部作品都得到了发表，并在俄国一版再版，有的还被译成多国文字。他的戏剧作品几乎全部成为今日俄国各剧院的保留剧目。

时间是一股伟大的、难以预料的、难以理喻的力量。

在布尔加科夫生前，如果有人把他称为“经典作家”，文学评论家们准会众口一辞地把这种说法斥之为荒谬。回想20年代，在许多人眼里，布尔加科夫只不过是颗一闪即逝的文坛流星，一个不合时宜的异端。到了他一生中硕果累累的30年代，他已成了一个完全被遗忘的人。除了一部叫作《图尔宾一家的日子》的剧本偶尔还能在什么地方上演个一场两场外，谁还能记得布尔加科夫的名字呢？

四五十年代过去了。万万没想到到了60年代，是布尔加科夫的千千万万读者，又把这位作家从成百上千的普通文人墨客之列“超拔”到屠格涅夫、托尔斯泰、契诃夫等文学巨匠的行列之中。他的一些生前未能问世的作品发表出来后，通过翻译逐渐赢得了全世界的青睐。在国外几乎所有的文学评论报刊上，他的名字高踞20世纪俄罗斯文坛榜首。有关他创作问题的研究，在俄罗斯、东欧、西欧和北美已经引人注目地成为一门像我国红学一样的“布尔加科夫学”。80年代末，他的主要著作已基本出齐，余下的书简至今仍在收集和陆续发表之中。

毕业于医学院并短期担任医职的布尔加科夫很快就意识到：文学才是他一生中应该为之献身的事业。他最初的作品如《青年医生手记》《吗啡》《袖头札记》等具有自传性质。1921年末他告别漂泊不定的外省生活，来到莫斯科，进入首都报业圈谋生，从此与这座城市结下了不解之缘。他在20年代的力作《白卫军》以及在此基础上创作的剧本《图尔宾一家的日子》为他带来了文坛声誉，但也惹来了极大的麻烦。他成了一个“阶级异己分子”，他写的剧本和小说再也得不到上演和出版的机会。“在苏俄文学广阔的天地里，我是一只——唯一的一只——文学之狼。”他在1931年写给斯大林的信里这样说。“有的人劝我把毛染一染，我却认为大谬不然。狼染得再美，也不会变成卷毛狗。”这样一种态度，自然给他带来了灾难。

从30年代起他在莫斯科模范艺术剧院任编导，但他创作的戏剧如《卓伊卡的住宅》《逃亡》《血红的岛》《亚当和夏娃》《幸福》《伊万·瓦西里耶维奇》《莫里哀》《普希金》等；他创作的小说如《魔王》《狗心》等；他改编的戏剧如《战争与和平》《匹克威克俱乐部》《死魂灵》《堂吉诃德》等；他写作的传记作品《莫里哀生平》，统统得不到上演和出版。

布尔加科夫最重要的一部著作，就是他至死尚未最后定稿的长篇小说《大师与玛格丽特》。前前后后，断断续续，这部书他一共写了足有十年。这是他的命运和希望，这是他对这个世界的遗言，这是他全部的心血。在他死后四分之一个世纪终于得以出版的这本书为他带来了世界声誉。

布尔加科夫的散文绝大部分写作于20年代。那是一个革命战争时代的急风暴雨刚刚过去，年轻的苏维埃共和国放下毛瑟枪，拿起锤子和镰刀，开始在内战的废墟上建设社会主义的年代。满目疮痍，百废待举。战时共产主义宣告结束，列宁提出了由资本主义向社会主义过渡的“新经济政策”。私人贸易和个体企业的放开使市场充满活力，形形色色的人物在生活的舞台上展现风采。

《莫斯科——时空变化的万花筒》一书中所收的这些散文，真实生动地再现了上述历史时期的苏联社会图景。作家以他准确细腻、酣畅淋漓的笔触，深情地描写了俄国首都莫斯科在这一特定历史时期的独特面貌。布尔加科夫是一位捕捉心理表现和细微心理变化的大师，他的这一特点在本书所收早期散文著作中即已显露无遗。他深刻而犀利地剖析了时代人物的微妙心态，他们的追求、欢乐和苦恼，使读者在深入形形色色人物内心世界去漫游的同时，对那个众说纷纭的时代有了更丰富的感性的把握。

布尔加科夫的“绝活”还在于他善于用最简洁的语言捕捉普通人日常生活中富于情趣的事物和场景：司空见惯的街景，日常生活的琐事，商店橱窗的布置，都市轮廓的变化……都给作者以取之不尽用之不竭的创作素材和灵感。这种对生活的惊人的“穿透力”源于对生活的细致的观察和深刻理解。作者散文作品的可贵之处也正在于通过对日常生活和普通人的细致观察和准确描写为我们留下了任何历史著作都无法替代的真实生动的时代历史生活画卷。

我愿我国读者通过这本散文集能对这位英年早逝的文学大师有一个更深的了解。我更希望他的重要著作在我国能早日有一套较完整的译本。相信中国读者也一定会非常喜爱布尔加科夫。

译者徐昌翰

1996年10月28日写于哈尔滨